BIONICLE®

生化战士酷玩小说

生化战士秘笈

SHENGHUA ZHANSHI MIJI

〔美〕格雷格·法世奇　杰夫·詹姆斯　著

李天湃　李涟清　苏恺琪　译

接力出版社
Publishing House

桂图登字：20－2007－004

图书在版编目（CIP）数据

生化战士秘笈／（美）法世奇，（美）詹姆斯著；李天湃，李涟清，
苏恺淇译.—南宁：接力出版社，2008.1
（生化战士酷玩小说）
书名原文: Bionicle：Metru Nui：City of Legends
ISBN 978－7－5448－0184－3

Ⅰ. 生… Ⅱ.① 法… ② 詹… ③ 李… ④ 李… ⑤ 苏… Ⅲ.长篇小说－作品
集－美国－现代 Ⅳ.I712.45

中国版本图书馆CIP数据核字（2007）第205750号

责任编辑：王淑青 美术编辑：卢 强
责任校对：张 莉 责任监印：梁任岭
版权联络：钱 俊 媒介主理：覃 莉

社长：黄 俭 总编辑：白 冰
出版发行：接力出版社
社址：广西南宁市园湖南路9号 邮编：530022
电话：0771-5863339（发行部 5866644（总编室）
传真：0771-5863291（发行部） 5850435（办公室）
网址：http://www.jielibeijing.com http://www.jielibook.com
E-mail:jielipub@public.nn.gx.cn
经销：新华书店

印制：山东新华印刷厂德州厂
开本：889毫米×1194毫米 1/32
印张：8.375 字数：210千字
版次：2008年1月第1版 印次：2008年1月第1次印刷
印数：0 001—8 000册
定价：36.00元

目　录

没有任何马特兰人能够忘记在水村的街道上旅行或站在能量流银海岸边的经历。一些人曾经说你在这里几乎能听到伟大圣灵的声音。传说记载它是在火村之后第二个被建造而且是最受马他吕拥护的地方，城市的精神守护者。

神庙

许多马特兰人认为这是整个美特吕最重要的建筑，甚至能与竞技场媲美。它建在一个与大陆分离的地方，使它与其他建筑区分离开来。神庙对所有陷入困境的居民来说都是一个希望的标志。

神庙的深处摆放着战士苏瓦（神龛），这些是蕴涵战士力量的圆形结构的石头。苏瓦被设计出六个凹槽用来装入神秘的战士石。当这些石头被放入各自的凹槽中时，六位马特兰人就会变成强大的美特吕战士。

在这个变化之后，苏瓦落到一边，露出里面陈列着的战士武器。同样，其中也放着刻有美特吕战士名字的面具飞盘。战士们相信，这些是他们注定要成为英雄的标志。

神庙被城市的执法部队——瓦奇军严格把守着。尽管它们允许马特兰人在这里来往，但他们会对在这里发生的任何混乱作出迅速反应。

能量原

美特吕城建立在被称为能量原的银色液体之上。在这个城市的任何地方，都没有新鲜的盐水，这种物质在马特兰人的观念中被称为"生命的原料"。它几乎是建造在城市里所有东西的原材料。

能量原已知的三种类型：

液态能量流：像这种在海中的能量原，必须净化之后，才能用来制造物品。

能量原晶体：开采自地村，经常用来做艺术装饰品或加工为建筑材料。城市中的任何建筑都是用这种能量原晶体建造的。

进化能量原：最稀有的一种形式。它的由来还是一个谜。地村的挖矿工人偶然发现了少量的这种物质，它能使浸泡在其中的生物发生根本性的生命形式上的改变。尽管它的样本曾经供给水村的学校进行学习研究，但至今没有一个人能成功地发现它的性质或复制它。与未加工的液态能量流一样，进化能量原也是银色的液体。

    液态能量流从大海延伸到水村，流经通过神庙的运河。这里所有的净化工作都是由一支由水村马特兰人组成的特殊小组来完成的。

    在古老的马特兰术语中，有几段是寻求马他吕的保护和帮助的，其他部分是指导如何通过快速的冷和热提纯液体。当这道工序完成之后，液态能量流就会变得清澈而且稍带蓝色。

    液态能量流从神庙流向不同的地方。有一些直接穿过水村的瀑布进入运河，还有一些被倾倒进城市其他部分的地下管道系统。其他一些液态能量流通过管道并且加热，输送到火村的铸造厂，用来制作面罩、工具和其他的一些器具。熔化且未使用过的液态能量流，允许流回大海。

学校

水村的人民不是老师就是学生。事实上，对学习的渴望使她们经常雇佣其他区马特兰人来做一些琐碎的工作，这使得水村马特兰人能将她们的的精力放在担任教师或学生的教学或学习任务上。

水村的学校教授美特吕的历史、古老的马特兰语言、能量原的科学技术和其他很多事物。学生们的大部分时间都在教室和实验室里度过，但有时她们也会外出观摩有趣的雕塑和地下档案馆的新展品。学习最好的学生能够到神庙中做净化液态能量流的工作。

不要错过……

马库的小船

马库意识到她很久以前就已经不想再仅仅当一名学生了。有了她的老师们的特殊许可，她划着小船，投身到探索美特吕海岸的工作中。她同时也成为小船比赛的冠军和优秀的小船雕刻工。在地村马特兰人寻找水栖异兽、想把它们抓住并添置到地下档案馆里的时候，他们经常请马库做向导。

诺加玛战士

元素：水

武器：两把破浪刀

面罩：伟大翻译面罩（能为使用者翻译任何语言和文字）

诺加玛在成为一名战士之前，是水村的一位相当受人尊敬的教师。她足智多谋，但是偶尔会在需要聆听别人时却在说话。她认为在美特吕战士中，瓦克马能成为她最好的朋友，尽管她喜欢和马陶开玩笑。诺加玛认为成为战士是非常严肃的事情，但有时她还会怀念旧时的马特兰人朋友。她确信她能成为一名优秀的战士，但是她不是非常确定自己在任何时候都是人民所需要的女英雄。

维索拉

维索拉是水村的一名学生，她总是认为诺加玛是她最好的朋友。她的房间里放满了关于诺加玛的种种物品。但是当诺加玛和她的其他朋友在一起时，她就会非常嫉妒，在诺加玛变成了美特吕战士之后，更是加深了这种情绪。维索拉知道了一个秘密——传说中六个神奇飞盘之一的藏匿地点。她决定利用这个秘密来变得比诺加玛更出名。当这个秘密使她的生命陷入危险时，她改变了自己的主意，并决定帮助诺加玛取得飞盘。

博达克

美特吕被瓦奇——维持秩序的警卫部队保卫着，这些机械生物的程序就是不惜任何代价维持秩序。瓦奇军装备了能量飞盘和特殊的杖。瓦奇的部队控制着每一个区域，确保马特兰人不受异兽的骚扰，并让他们坚守工作。瓦奇总是在马特兰人身边看守他们，不管他们是否喜欢这样。

水村的秩序管理是由博达克负责的。它们是所有瓦奇军中最狡猾的一种。它们经常结成行动迅速的小部队，热衷追捕胜过一切。它们的忠诚杖能使马特兰人变得对秩序和安全非常热心，它们会非常积极地寻找"麻烦制造者"，并将他们转交给瓦奇军处理。

水村的生物

深海的居民

很久以前水村马特兰人就认为这是一个神话，这些生物在非常深的海中生活着，人们认为它是恐怖的塔拉卡瓦的天敌。诺加玛认识到这个传奇并不是虚无的故事。有一天诺加玛潜入深海去寻找神奇飞盘，她发现飞盘夹在一个难以置信的怪物的两片锯齿之间，并且她被这个怪物追出了水面。目击者看见的只有怪物厚重、圆滑的外形和锯齿，还有看上去足以将整座神庙吞食的身量。它现在已经回到了它海底的家园。

凯芬尼克

当这种长得像狼的生物在石村成群地出现时，水村的马特兰人收养了它们并用它们来看守水村的少数庙宇和能量原实验室。但是凯芬尼克非常没有耐心而且极其凶残，以至于大家都认为这个尝试是注定要失败的。水村马特兰人试着把它们驱逐出去，但仍有一些凯芬尼克在水村周边徘徊。

石村

走进石村就像进入了另一个世界。不像冰村和火村那样有高大建筑作为标志，在这里你能看到一个大山的背脊。这里的路被石板和泥土所代替。比起花时间在室内工作，大部分石村马特兰人更喜欢整天在两个太阳下努力劳动。只有交通管道的存在和空中汽艇的出现，提示着你依然身处美特吕。

这是一个雕刻匠们的家园。在火村制作的物品在这里被装饰和雕刻，较大的作品被组装，用固态能量原块制成的巨大的雕像被雕刻出来。在整个城市中，石村马特兰人是最有天赋的雕刻匠。

传奇之城美特吕

建造用的场地：装配厂

这个巨大、开放的区域是用来把在美特吕任何地方都能用到的物件用多样混合的部件组装起来的地方。任何东西——从家用设备到大荧屏，再到瓦奇都是在这里制造的。只有交通工具例外，它们在林村制造。

制造一个瓦奇

尽管瓦奇的最初设计者是一个叫做努帕鲁的地村马特兰人，并在火村组装到一起，但却是石村马特兰人赋予这些机械生物以生命。两个分开的装配场地都为制造瓦奇而建立，一个用来将更大一些的部件安装在一起，另一个用来将齿轮一类的机械配件装入头盖。当这些工序完成时，一个冷酷的维持秩序的警卫就可以履行它的责任了。对于这些纯粹的机械来说，瓦奇不能被"杀死"，只能被破坏。

被制造出来的瓦奇都有一个非常简单的行为模式。它们的工作就是维持秩序，比如镇压在城市里暴动的异兽，保证马特兰人在换班之前不离开他们的工作岗位。尽管瓦奇能够听懂马特兰人在说什么，但它们的沟通只能靠超声波信号。在竞技场的杜马长老的房间里，安置了能使这些信号变成语言的技术设备。

美特吕有个老笑话："别回头，一个瓦奇正在逼近你。"这些执法者以追捕为生，它们无法被劝阻或说服。违法的马特兰人只有两个选择——自首或潜逃。选择投降的话，瓦奇会使用它们的杖，让马特兰人更加努力地投入工作或让他们没有能力去打破秩序；选择逃跑必然能延迟一会儿，但最后瓦奇军还是将捕获它们的猎物。

瓦奇有三种不同的行动模式。它们能够用两条腿走路；也可以用它们的杖作为前腿，用四条腿走路；或转换为空气动力学模式用来飞行。

大部分瓦奇都不是游泳的好手，只有博达克被设计为能够忍受水下活动，尽管它们尽量避免那样做。

除了在整个城市活跃的六种瓦奇外，石村马特兰人还研制了两种特殊类型的秩序维持者——

胡瓦奇

胡瓦奇和其他类型的瓦奇相比有一个主要的优点：与那些有一个中央信息器的瓦奇不同，每一个胡瓦奇的知识信息系统分散安置在它的身体里面。它允许胡瓦奇把自己的身体分裂成几个部分并具有独立的功能。整体状态下的胡瓦奇能够喷射使人昏迷的雾状气体。在分离状态时，每一个胡瓦奇的部件都带有靠接触启动的电击功能。一般情况下，胡瓦奇只在大型异兽出来暴动时，才被派出。

努瓦奇

强 大而且笨重的努瓦奇能将它的身体变成可活动的能量原颗粒状。在这种状态下，它能使自己通过狭窄的缝隙或者突然在路面上消失，并且能在另一个地方变回原形。这使得努瓦奇能从困境或陷阱中逃脱。

建筑家村

像 这样的居住地在石村能找到很多。这里的石村马特兰人生活在狭小的棚子里，工作则在室外的岗位上，把零碎的部件组装到一起，然后制作成复杂的雕刻品。事实上这些村庄都是零散地建立在山脉和峡谷之中，这些都是非常危险的居住地。这里的很多部分都被瓦奇军有效地保护着，所以这里的异兽在增援到来之前就已经逃跑了。石村马特兰人花费大量的时间去练习发射飞盘的技巧，以便于更好地保护自己。

POST HUT

雕塑园

在这个广阔、空旷的场地上，星罗棋布着由石村的雕刻匠创作的巨大雕像。这些雕像如此巨大，以至于整个城市中几乎没有什么房间能装下它们，所以它们必须在室外建成和展示。当这些雕塑竣工后，它们会被大船或汽艇运送到全城的各个地方。

雕塑园的部分地区因为异兽的活动变得不牢固了。因为这个原因，一些陈列在较软地层上的雕塑开始下陷。显然那些区域现在已经完全被马特兰人所关闭，这些雕像的所在地被认为并不够好。

石村的能量飞盘是在雕塑园的一个大岩石柱上被发现的。

不要错过……

胡基的飞盘

胡基是整个石村中技术最高超的飞盘雕刻师。他的飞盘被认为在运动中使用效果最好。其他区的马特兰人经常会到石村，用其他物品交换胡基的飞盘。这促使杜马长老定了一条规定：其他区的运动员不得在全城性的锦标赛中使用石村的飞盘。

无尽私语峡谷

这个处于石村和地村边界的曾经荒凉的地方，如今变得活动频繁。许多扎达克经常进出峡谷，一些马特兰人声称看到了一个奇怪的四脚生物和一个巨大的怪兽留下的滑入洞穴的痕迹。突然出现在这个荒芜地区的这些活动的原因，仍然是个谜。

奥奈瓦战士

元素：**石**

武器：**巨石锥**

面罩：**伟大意念面罩**

奥奈瓦是一个高调、固执且不太好相处的战士。作为一位以前的雕刻匠，他更重视看得见、摸得着的东西，所以他对瓦克马的幻觉没有多少兴趣。奥奈瓦更喜欢行动，而不是交谈、思考和让战士花费太多时间的计划和争吵。他极端勇敢，甚至拒绝去考虑击败对手的可能性。

奥奈瓦在其他战士之中几乎没有亲密的朋友，但他们似乎也没有惹他烦躁。他显然喜欢讽刺威诺瓦和努祖，认为对过去和未来的担忧显然是浪费时间。

阿克莫

阿克莫是一位建筑家，同时也是一位雕刻家，他在很多方面都技术高超，但并不是一位大师。他生活中干的任何工作都次于奥奈瓦位居第二，这导致他怀恨在心。他对石村神奇飞盘的发现引起了两名邪恶的黑暗猎手的注意。他们说服了他给其他五位马特兰人设下陷阱，意欲得到其他五块神奇飞盘。阿克莫的计划因受到了美特吕战士的干涉而落空。他在莫布扎克被打败后很快失踪了。

扎达克

扎达克巨大、强壮、行动迅速并且不知"恐惧"为何物，即使是面对不计后果的瓦奇。它们总是第一个加入战斗并且最后一个倒下。扎达克的提议杖能使一个马特兰人接受任何指示并持续一段时间——通常是几个小时。

石村的生物

奇卡诺拉

这是一种身量介于袋鼠和大象之间的巨大生物。庞大的奇卡诺拉兽群每天都横扫石村的平原和峡谷，用它们的长牙嚼碎地面上坚硬的石头和雕刻匠工作后丢弃的能量原碎片。这些废料过后会被石村的人们收集起来，并且循环再利用。有了这些好处就可以理解为什么马特兰人并不是很在意这些野兽经常性地在它们野蛮狂奔时践踏平整的村庄了。

地道兽

这种生物貌似大型的蜥蜴。它们的名字是由于它们生活在地表之下，并且会用它们的爪子挖通地道、穿透坚硬的石头。这些地道兽能改变自身的质地，变成其接触到的那种物质的材质，以此来保护自己。比如，一只地道兽受到一个火能量球的影响就会变成火焰生物。只有一个方法可以打败一只地道兽，那就是使比较脆弱的物质接触它，使它变成那种材质，比如玻璃或水。

冰村

马 特兰人把冰村叫做"宁静地域"。它结合了水村某些部分的绝对沉寂和石村贫瘠无生气的气氛，这种气氛甚至使到这里的林村马特兰人都得闭嘴。所有来冰村的人都会行走在巨大的影子之下，因为水晶知识塔建立在街道两侧。

冰村马特兰人以像这些塔一样冷淡和坚固而著称。这些事实说明他们只是单纯地献身于一个目标。事实上每一个冰村马特兰人都希望有一天能够到知识塔中工作，所以他们将全部的时间用在学习上。他们几乎没有一点耐性让任何人或任何事物将他们的精力从学习上转移开。

传奇之城美特吕

冰村是唯一一个主动隔离其他事物的地区。到现在为止，地村马特兰人和冰村马特兰人还在一直争论一个悬置多年的问题：学习历史重要还是探索未来重要。这个问题非常严重，促使冰村马特兰人前去和杜马长老争论扩建地下档案馆的问题，甚至还使地村马特兰人"无意地"破坏了知识塔，导致它需要长时间修复。

知识塔

冰村的这些高塔一直延伸到天空，顶上积满了冰雪。上百名学者在其中研究预言，作出对未来的判断，并且通过观察星象来预见将来可能发生的事。

知识塔是美特吕城中最不寻常的建筑，因为它们并不是被建造起来的，而是自己生长出来的。与马特兰人手掌一般大的智慧水晶发源于这个区域的不同地方。在这里的地表上，它们能够以飞快的速度生长，直到一座新的塔矗立在其他的塔中间。

每一座知识塔都有宽敞的存储空间，其中一部分是给学者们生活的，还有天文台用来观测星象，以及特别的区域以存放重要详细的记载古老预言的石碑和雕刻品。一些冰村马特兰人一旦进入了知识塔，就会把他们全部的生命投入其中，不再出去。

思想之塔

这个特殊类型的知识塔是供冰村中最重要的研究项目所使用的。想进入这些建筑的人必须要绝对沉静。一个瓦奇军的小分队通常在这附近巡逻，它们会阻止任何人打扰在这座塔中工作的冰村马特兰人。

能量飞盘

从知识塔中出来，主要的发现之一就是用液态能量流制造飞盘的方法。学者和水村能量原实验室里的人一起工作，他们主要负责完善加工过程。能量飞盘迅速成为美特吕人日常生活中不可缺少的一部分。

　　飞盘是一种用能量原做成的圆形碟片，每一个都有特殊的能量。每个飞盘都刻有表示它们产地的标志符号。第一个数字代表它在哪里被制造，第二个数字代表它的能量，第三个数字代表它的能量等级。

能量飞盘的用途

　　运动：在美特吕，飞盘被用在所有的比赛中，包括飞盘冲浪、管道滑板和一些其他运动。

　　自卫：马特兰人使用飞盘来击退异兽和抵御其他威胁。

　　面具制作：能量面罩是由卡诺卡能量飞盘制造的。卡诺卡的1到6级能量飞盘用来制造马特兰人的面罩，因为这些能量在制造面罩的过程中就被吸收了。7级能量飞盘是用来制造高贵能量面罩的。8级能量飞盘被用来制造战士戴的那种伟大能量面罩。9级能量飞盘确实是存在的，这种神奇飞盘将被战士从整个城市中的隐藏地点再度发现。

能量飞盘是用净化后的液态能量流注入特制的模子做成的。通常这一步骤需要重复多次，直到飞盘有了明显的形状为止。飞盘能量的种类和等级取决于所使用的能量原的性质、纯度和制造它的马特兰人的技术。尽管知道这些，马特兰人还是没有能力事先就知道那将是怎样强大的飞盘或者它有什么样的能力。

在哪个区制造决定了飞盘的飞行特点（详见本书第30页），这里有八种基本的飞盘能量：

随机性重新组合： 临时打乱并拼凑目标的分子，使其形成一个新的形态。

冻结： 使目标被一层非常厚的冰层包裹。

削弱： 减少有生命和无生命目标的力量。能够将建筑物打倒。

解毒： 能够解除有毒物质的侵害。

扩大： 使目标变大。增长的比率受能量飞盘等级的影响。

不要错过……
马多奥的异兽

在所有冰村马特兰人中，只有马多奥和地村马特兰人保持着良好的关系。他的很多时间都用在地下档案馆中，去学习不同种类的异兽，并试着去学习它们的语言和行为模式。现在他有一些连档案馆也不感兴趣的小生物，他决定用它们去和那些想要宠物的人交易。

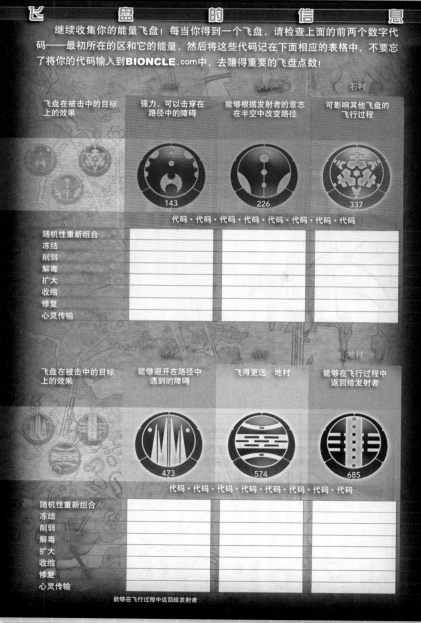

飞　　盘　　的　　信　　息

继续收集你的能量飞盘！每当你得到一个飞盘，请检查上面的前两个数字代码——最初所在的区和它的能量，然后将这些代码记在下面相应的表格中，不要忘了将你的代码输入到 **BIONCLE**.com 中，去赚得重要的飞盘点数！

飞盘在被击中的目标上的效果	强力，可以击穿在路径中的障碍	能够根据发射者的意志在半空中改变路径	可影响其他飞盘的飞行过程
	143	226	337

代码·代码·代码·代码·代码·代码·代码

随机性重新组合			
冻结			
削弱			
解毒			
扩大			
收缩			
修复			
心灵传输			

飞盘在被击中的目标上的效果	能够避开在路径中遇到的障碍	飞得更远　地村	能够在飞行过程中返回给发射者
	473	574	685

代码·代码·代码·代码·代码·代码·代码

随机性重新组合			
冻结			
削弱			
解毒			
扩大			
收缩			
修复			
心灵传输			

能够在飞行过程中返回给发射者

收缩：使目标缩小。缩小的比率受能量飞盘等级的影响。

修复：能够修复一个目标，通常是固定的建筑物。

心灵传输：运输目标到另一个地方。心灵运输的范围受能量飞盘等级的影响。

在制造飞盘的程序中，多种飞盘能够结合起来成为一个新型飞盘，而且有全新的能量。在某些情况中，飞盘雕刻师知道结合起来将会有什么结果。其他时候，这种结合是一个试验或失误。

另外除了发射或投掷，能量飞盘还可以用在制造美特吕的许多设备上。漂浮飞盘和增重飞盘合并起来安置在汽艇中，速度飞盘放在陆地的交通工具里。在一些较新的建筑里甚至有修复飞盘嵌入其中，以至于任何对这些建筑的绳索拉伸造成的损伤都能立刻修复。

努祖战士

元素：冰

武器：两把水晶镐

面罩：伟大的心灵遥感面罩

在某些方面，努祖战士看起来不太友好而且冷淡，在这些方面有些是他的真实写照。但在内心，他仅仅是习惯于单干，不喜欢和其他战士一起行动，对他来说在一个团队中是一种不舒服的境遇。"他不希望我跟随他"，尽管他清楚地知道他希望瓦可马当领导。他真正想做的是有机会回到冰村工作，而不是拯救城市。

努祖战士尊重诺加玛，能够容忍瓦克马，而且能够调整和威诺瓦的一点分歧。但奥奈瓦和马陶的神经质让他没法和他们一起行动。

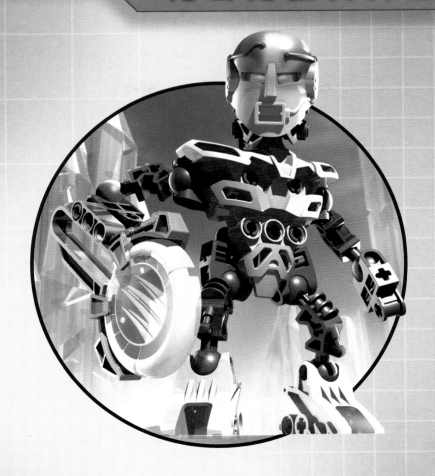

埃瑞

这个冰村马特兰人有一个伟大的志向——进入知识塔做一名学者。但是努祖认为他在工作上太顾前不顾后了，因此埃瑞只能在这个区里做跑腿的差事。当他发现了神奇飞盘的所在地时，他认为他得到了到达成功彼岸的通行证。然而取而代之的是他差点就永远陷入了两个黑暗猎手的陷阱之中。此后，埃瑞告诉了努祖传说中飞盘的所在之处后，他同样失踪了。

传奇之城美特吕

基拉克

冰村瓦奇的追击能力是高深莫测的。它们的奇特能力就是计算出它们的目标要去哪里，并且提前一步到达那里。基拉克的混淆杖能够在一定时间内扰乱一个马特兰人的时间感和空间感，造成他们迷失方向，并不能再制造麻烦了。你将不时看到脑子混乱的冰村马特兰人在这个区中游走。他们不知道自己在哪儿或者正在干什么。

冰村的生物

冰蝠

这些肮脏的飞行生物栖息在知识塔的顶部，冰村马特兰人和瓦奇军想把它们赶走，但它们还是坚持留在那里。对于马特兰人来说，它们并不是非常危险，但是它们经常习惯飞到天文台并撞击那些贵重的设备，之后再原路返回。它们还喜欢冒着被汽艇撞到的危险在那里徘徊，这就是这些汽艇往往避免在冰村上空穿过的原因。

狂蝎兽

这些机械创造物是瓦奇的原型，美特吕的秩序维持军队。狂蝎兽能够从它的尾巴中射出一个能量泡并将目标包裹住（这种能力是源自冰村人的一个构思），然后将它的俘虏身上的能量吸收到自己身上，并使得违法者虚弱到不能再制造麻烦。不幸的是，它经常会使马特兰人虚弱得不能工作，这使得利用狂蝎兽解决问题不是非常奏效。它们已经"退休"，但是却无法把它们"关掉"。它们大概还有十几个，一些在冰村，一些在地下档案馆不常用的地方，其余的不知道在什么地方。

美特吕的英雄们

入火村, 你感受到的第一件事就是酷热。这些热量来自于上百的熔炉、铸造厂和熔化了的能量原河, 它们给那些没有习惯热浪的人以近乎窒息的感觉。从宏伟的锥形工厂中排出的大量浓烟和蒸汽布满了这里的天空。在这里的任何地方都能听到来自火村劳动者努力工作的嘈杂声和撞击声。

其他区的马特兰人尽量避免到这个区, 也并不会觉得奇怪。同时, 他们知道火村是美特吕最重要的地区。这里是把熔化的能量原制造成能量面罩、工具、武器、飞盘发射器和其他美特吕东西的地方。任何一个明智的人都知道当火村马特兰人正在努力工作时不要去打扰他们, 因为一点小小的瑕疵就能毁掉一个火村马特兰人一整天的工作, 而制造的次品只能丢入废料堆中, 等待再次被熔掉。

面罩铸造师

少数技术高超的马特兰人将获得成为面罩铸造师的特权。整个城市中的所有能量面罩，从马特兰人戴的面罩到战士戴的伟大能量面罩都是由他们制造的。

面罩都是由卡诺卡飞盘制造而成的。下面是制造能量面罩的两个方法：

1. 一个马特兰人得到一个飞盘后，先将它熔化，再将这能量原熔流注入一个面罩的模子中。当它冷却后，把它从模子中取出，然后铸造师会去除任何的瑕疵。一个技术好的铸造师可能会花上很多天时间去改进一个面罩。

2.面罩铸造师也可以把两个或多个能量飞盘熔合成一个，然后会用制造面罩的工具将飞盘雕刻成能量面罩。熔合的飞盘可以使铸造师制造一个新的能量面罩。比如说，将一个增长能量的飞盘和一个再生能量的飞盘熔合，就可以制造一个防护面罩。

瓦克马在变成战士之前，是火村的一位技巧纯熟的面罩铸造师。他甚至接受了杜马长老的特殊工作。他最近接受的就是长老要求他制造伟大时间面罩的任务。

当一个面罩做完时，它可能被送往任何地方：如果它是一个高贵面罩或者伟大面罩，那么它将会被送到水村并且放置在神庙里面；如果这是一个马特兰人的面罩，它将会被送到石村进行完善，并分配给马特兰人；如果这个面罩在某些方面失败了，它将会被送到火村的能量原回收场，并且被熔掉。

在火村，所有其他的物品将会被装运到石村，在那里的雕刻匠和其他工人会把它们加工成能够使用的物品。

大熔炉

这 个区布满了工厂和熔炉, 这是其中最突出的一个。高达一千英尺的大熔炉像塔一般直入云霄, 这是仅次于竞技场的第二高的建筑。这里的温度如此之高, 甚至连火村马特兰人一次最多也只能待几分钟。

最近, 一些在大熔炉工作的马特兰人被一些无处不在却能立刻消失的粗壮藤蔓所攻击。因为担心自身的安全, 这里的工人都逃跑了。最终, 大熔炉变成了畸形莫布扎克的大王根的隐藏地。在美特吕战士和莫布扎克的战斗中, 大熔炉被严重破坏。它直到最近才被重建起来。

莫布扎克

这 种黑色、扭曲的植物使得整个美特吕受到威胁。它们强壮的藤蔓足以将完整的建筑物拧成碎片。马特兰人尽了他们最大的努力来保卫他们的家和工作的地方, 并和这些无处不在的威胁对抗着。幸运的马特兰人能够安全逃脱, 而那些不走运的人则永远地消失了。

莫布扎克的藤蔓第一次出现是在火村的郊区。这些藤蔓很快就把这里的马特兰人赶出这个区域, 使他们被迫逃离这城市的心脏。后来, 美特吕战士发现莫布扎克的大王根是富有智慧的, 并且图谋占领整个城市, 将所有马特兰人全部变成它的奴隶。

用六块神奇飞盘，美特吕战士就可以毁灭莫布扎克。他们绝没有意识到有人在暗中操纵莫布扎克来攻击城市，而且现在还未被查明身份。尽管整个城市中的藤蔓都消失了，但是大多数马特兰人还是出于对莫布扎克卷土重来的恐惧而拒绝去偏僻的区域。

不要错过……

塔库的交易商品

尽管塔库不是技巧非常熟练的工具制造者，但他非常喜欢去拜访几乎所有的马特兰人，总是喜欢到别的区去收集纪念品。通过在家中制造纪念品，他和别人换取他需要的东西。不幸的是，他经常让旅行占用工作时间，因而瓦奇军不得不一次次把他拖回来。

火坑

这 个充满火焰的大火炉被马特兰人认为是火村火焰的来源。它的重要性使这整个区域都被围墙围起来，并且被瓦奇军严密地把守着。马特兰人只有得到了杜马长老的特殊许可才能来到这里，因为这里的火炉有着不可预测的危险。火村的神奇飞盘就隐藏在其中一个火坑的深处。

能量原回收炉

火 村的马特兰人希望尽量不要来到这里。它是那些有损伤的面罩或工具被送来丢进去并且熔掉的地方。之后，液态能量流将被制成其他东西。对于面罩铸造师来说，这个场地是一个失败者的标志。这里的管理者在这个岗位上工作的时间太长了，并且认为这些废弃的面罩好像有生命似的，经常和它们说话。

瓦克马战士

元素: 火

武器: 飞盘发射器

面罩: 伟大隐形面罩 (能使佩戴者变成透明人, 但是会留下影子。)

在危机迫使他变成战士之前, 瓦克马曾经是一位技术高超的面罩铸造师。尽管经历了这种转变, 他还是不确定自己是否真被训练成了英雄。他有潜力成为一位伟大的领导者, 但只有时间才能证明他能否担任这个角色。

瓦克马具有能看到未来的能力, 这使他对自己的使命产生了疑惑。他看到的恐怖幻象预示着即将到来的危险。而其中的一个幻象又启发他让他们寻找神奇飞盘, 把城市从莫布扎克的手中救出来。其他的战士, 特别是奥奈瓦, 认为瓦克马在火焰周围的时间太长, 他的脑袋被烧 "短路" 了。

瓦克马展现了他巨大的勇气和完成冒险计划的能力。他为力刚战士的失踪而自责, 并且决定找到他的英雄并解救他。

努伊

努伊在瓦克马晋升到与他同等的位置之前是首屈一指的面罩铸造师。很快瓦克马的技术就超过了努伊，并在不久之后得到一个特别来自杜马长老的面罩订单。努伊很嫉妒，认为只有找到能够制造能量面罩的火村神奇飞盘，才能胜过瓦克马。努伊被其他想得到飞盘的人引诱进了陷阱，并且差点被莫布扎克的藤蔓杀死。在被瓦克马搭救之后，努伊帮助战士们找到了神奇飞盘。但他却在战士们打败莫布扎克后突然失踪了。

努拉克

迅猛并且不知恐惧，它们让火村免受狂野的异兽和其他危险的骚扰。有些人说它们的举止甚至和异兽有一拼——它们喜欢在追捕过程伤害目标，并在目标做出反抗之前就将他包围。但是，如果它们找不到目标，就会去找其他任何一个人代替。其他种类的瓦奇军甚至还被派去阻止他们的战斗！努拉克的命令杖能够使马特兰人的思想中充满了使用者下达的命令并顺从它们，直到几小时后效力消失。

火村的生物

熔岩鳗

这些危险的生物的主要特点就是热，它们喜欢靠近熔化的能量原池。在它们还小的时候，火村的马特兰人经常把它们收养做自己的宠物，当它们长得太大并且具有破坏性时，就会被人们遗弃。当这些熔岩鳗受到刺激时，它们皮肤表面的温度会上升到足以把坚硬的岩石熔化。

飞火虫

这种飞行的昆虫有着凶猛的尾刺。它们的个体虽然无害，但是愤怒的一群甚至能将一个美特吕战士打败。众所周知，它们的巢一般建造在熔炉中或火村的地下通道中。

竞技场

竞技场是美特吕城中最大、最重要的地方，它也是很多很多支路电力会聚的能量中心。它坐落于六个区的交界处，被认为是整座美特吕最早的建筑。在城市的各处都能够看见它，马特兰人认为这里是稳定和安全的象征。

竞技场有许多作用，其中包括：

运动区：风靡全城的年度飞盘冲浪锦标赛总在这里举行。在这项运动中，一共十二名运动员分为六个队，将飞盘投入铁圈最多的那个队就能获胜并站到场地的最高处。为了使这项运动更有挑战性，所有运动员始终会在波荡起伏的地板上面用飞盘"冲浪"，那种感觉就像在悬空的交通管道中穿梭一样。这项运动极其快速并且危险。获胜队的飞盘会被送到火村，制造成能量面罩。

这个区同样也被用来做瓦奇的训练场地。

主要的能量源：竞技场里安放着城市的一个能量设备。能量是由液态能量流流动并穿过设备而产生的，之后它们将被输送到城市的各个地方。尽管这些设备将把能量供给能量原桶运输和管道管理这类的设施，但是它并不能将热度供给城市。担任运行任务的是装满熔化能量原的地下管道，它们把热量传递到在地上的建筑中。

储存库：储存库比神庙更加重要，竞技场的储存库房是用来存储能量面罩的。在这之后，整个城市中的重要物品都存放在这里。这里的安全由地村的瓦奇军——罗扎克和石村的瓦奇军——扎达克组成的旋转分队来负责保护。

杜马长老的岗亭：这个特殊的地域用来让长老监控整个场地。在这里，杜马能够控制安置在整个城市中的巨大荧光屏，包括竞技场的那些荧光屏。这个岗亭安装了漂浮飞盘和增重飞盘，它能够按照杜马长老的意志上升或下降。

　　杜马长老的皇室：这个房间是与杜马的岗亭相连的。在过去，它是杜马长老召开城市重要会议的房间。然而最近的几个月中，杜马非常忙，没有一个人被允许进入他的私人房间，只有瓦奇军除外。

杜马长老

元素：**火**

面罩：**高贵再生面罩**

很长时间以来，在马特兰人民的记忆中，杜马长老一直都是具有智慧的美特吕长者。在他的领导下，美特吕城建立了交通管道系统，制造了瓦奇军的警卫部队，地下档案馆也被扩建到了当前的规模。他总是受到所有马特兰人的敬佩和尊重。

最近，杜马开始暗示有一些恐怖的灾难即将降临美特吕。但是杜马并不想解释灾难的内幕，这件事使他非常担忧，甚至请求瓦克马制造一个伟大时间面罩。他打算用这个面罩干什么，仍然是个谜。

力刚战士

元素：**火**

面罩：**伟大防护面罩**

武器：两把火焰巨剑，它们能够合并在一起，变成一个火焰板的形态。力刚可以像驾驭一个冲浪板一样用它们来飞翔，这使他能够飞到城市上空去侦察。

力刚的过去很少有人知道。只知道他从其他的什么地方来到美特吕，具体的原因他并不想透露。他独自作为美特吕的保护者已经有很多很多年了，各个地区的马特兰人都很尊重他。只要美特吕出现一点危险，力刚就会尽全力帮助瓦奇军制伏并捉住这些极其危险的异兽。

在莫布扎克袭击城市之后，力刚现在变得比第一次出现的时候更加忧虑。在他发现两个黑暗猎手——尼德希奇和克莱卡正在寻找他以后，他的忧虑更加深了。当意识到不可能长久逃避他们的时候，力刚调动他的一些战士能量注入六块战士石并将它们交给在不同区的马特兰人们。在这之后不久，力刚就被黑暗猎手绑架了，至今不见踪影，生死未卜。

黑暗猎手

尽管以前从没有黑暗猎手在美特吕露面，但是传说他们确实存在，并且传言从其他地方传到了马特兰人的耳朵里。黑暗猎手像战士一样强大，但他们扮演的完全不是英雄这类角色。他们经常会去执行很多任务，不管这些事是否邪恶或具有破坏性，只要酬劳足够，他们就会去做。黑暗猎手在城市中的出现标志着更大的危机来临了。

尼德希奇

身份：黑暗猎手

能力：能够喷射能量束，发射飞盘。

这个多腿的怪物是在莫布扎克开始威胁马特兰人之后不久出现在美特吕的。尼德希奇和他凶暴的同伴——克莱卡绑架了力刚战士，并且企图阻止美特吕战士寻找六块神奇飞盘。

尼德希奇残忍且狡猾，不关心任何责任或荣耀。他非常聪明，知道有些时候让对手恐惧是比力量更加强大的武器。从力刚战士对他说的一些话可以推断，他们两个人过去肯定相互认识。

克莱卡

身份：黑暗猎手

能力：能够产生并发射能量网，发射飞盘。

虽然克瑞卡头脑不太够用，但他用残忍强大的力量来弥补。他的存在足以吓倒任何人，并让其顺从尼德希奇的意愿。他破坏性的举动使他看起来像一个知识塔周围的野生异兽。

当克莱卡作为尼德希奇计划的跟随者时，他是最有效率的。当他想遵循自己的意愿做事时，他总是毁坏很多东西而并不能真正地实现目标。但是当你和克莱卡一样强大时，你就能够轻而易举地逃脱你可能走入的任何陷阱。

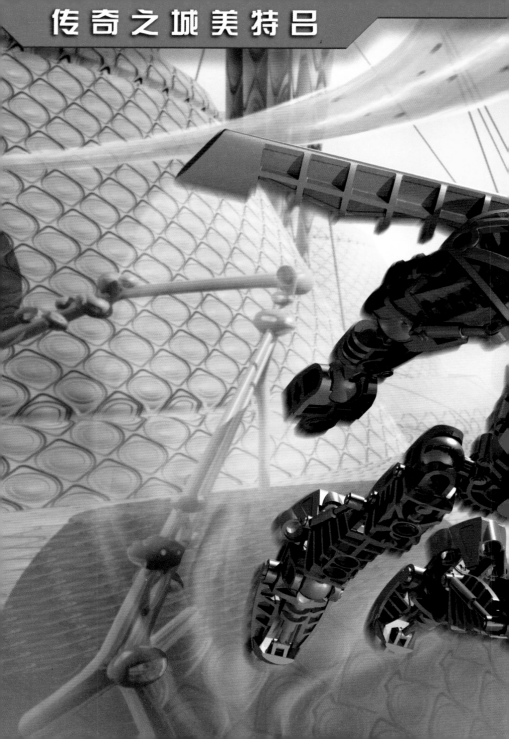

林村

走进林村就像走进了一个茂密的丛林。这里的地面被乱丢的工具和电缆弄得乱七八糟，甚至阻碍你的双脚前行。这个区被混乱的遮篷和交通管道所覆盖，在某些地方甚至挡住了太阳。这里的空气中充满了林村马特兰人的喋喋不休，他们在交通管道之中努力地工作。这里给人的感觉是无法停止的混乱。

　　人们允许林村马特兰人有一个混乱的区域，因为他们的工作对整个城市是至关重要的。林村是整个美特吕的交通传输中心。交通管道和运输工具在这里被制造和修复，确保了马特兰人和货物从一个地方到另一个地方顺畅地流通。没有林村马特兰人的努力，在火村做成的工具就不能被运到石村进行完善，在水村被捕获的异兽将永远不能运到地下档案馆，不久美特吕就会被折磨得瘫痪了。

　　所有的这些使得林村马特兰人变得非常急切而且自信。他们知道什么对他们来说是重要的，他们同时确信其他人也都知道这些事。

交通枢纽

林村的中心是交通枢纽，这是一个交通工具制造工厂和交通管道的控制中心。大体上一半的林村马特兰人都在这里工作。其余的一部分人主要在林村或城市的其他地方做维修和重建的工作。

林村马特兰人主要制作三种交通工具：交通管道、空中交通器和路面交通器。他们拒绝造船，因为他们讨厌海，所以任何水上交通工具都是在水村制造的。

这里是几种美特吕交通工具的简介——

交通管道：城市中主要的交通系统。交通管道是很长的内部装有由磁力外壳包裹着的液态能量流的圆柱形管子。带有磁力的能量流在管道中以极高的速度流动着，携带马特兰人和货物从一个地方到另一个地方。大多数管道在半空中运行，有一些则在被固态能量原支柱支撑的更高的空中，还有一些则延伸到地下档案馆不同深度的地方。但是许多在地下的交通管道都不好修理，而且使用起来非常危险。很少有林村马特兰人愿意到地下去修理它们。

不同交通管道的运行速度是可变的，尽管在林村效率应该是快、更快，以至于太快了。每一个交通管道都在一个固定的方向上运行。让管道倒流而改变它的运转方式，被认为是极端危险的。主要交通管道的管理是由一个叫空古的林村马特兰人负责。

这里有两个办法来搭乘交通管道。推荐的方法是到管道站搭乘。这些管道站坐落在美特吕的很多地方。这里的交通管道的流速降到很低，足以让人简单而安全地去搭乘。

另一个方法就是"管道跳水"。尽管这是违法的，但是还是有很多大胆的马特兰人这么做。管道跳水即趁着管道的磁能量产生波动并分裂的瞬间，

从上面通过磁力外层跳入管道之中。有两点可以证明这样做是相当危险的：第一，如果不是在正确的时候跳下，那么跳跃者将会被管道外部的层所弹开，落进管道并摔到地上。第二，进入高速的交通管道，增大了被其他乘客或货物部件冲撞的概率。

一些马特兰人也会在管道中做一种"飞盘"游戏。这包括：在通过管道的时候，站在能量卡诺卡飞盘之上，经常贴着管道的内壁做一些轻跳或滑行的动作。这些在林村都是司空见惯的事情了，但这是一个吸引瓦奇军注意力的好方法。

交通管道面临一些问题：

有时一些管体断裂会将乘客甩出管道，掉到其他地方；在非常老旧的管道中，一些支柱变得不好修理，管道有坠落到地面的危险，或者磁能量的外壳变得脆弱，其中的液态能量流渗透出来。

如果在管道的建造过程中出现一个裂纹，磁能量的一部分会断裂并且自行聚拢，形成一个能量球。当它穿过管道的时候，剧烈的牵引力能将在管道中漂浮的工具、货物、残物和任何东西全部拽进其中。之后，这个球体将变得越来越大。最终，它将从内部爆裂，将管道全部炸成碎片。

空中交通器：空中的交通工具用来运输美特吕的货物。这些巨大而显眼的飞行物穿过上空，带着地村的异兽、石村的固态能量原块和工具，还有城市中其他尺寸不一的物品。马特兰人的汽艇中安置了一个漂浮飞盘和增重飞盘的复杂装置。滑轮促使漂浮飞盘撞击结构架使它上升。当要着陆时，在不同方向设置的滑轮会促使增重飞盘达到使飞艇降落的目的。很多年以来这些系统一直都是由林村马特兰人控制的，因而这里的驾驶员都会受到高度的尊重。

地面交通器：在美特吕有两种主要的陆地交通工具——乌萨装运车和瓦奇交通车。乌萨装运车是由一种温顺的异兽——乌萨蟹来牵引的货车。通常情况下，这些装运车是用来运输货物的，尽管它有的时候也搭载乘客。

瓦奇交通车是巨大的交通工具，它们被用来将大量的瓦奇军从一个地方运送到另一个地方。速度飞盘被安置在这些结构中，所以这些交通工具能够非常迅速地移动。在这个交通工具的两边都有昆虫般的细脚来驱动它。林村马特兰人正在做用生物力量来取代飞盘力量的实验，但是还没有取得成功。

测试跑道

林村的马特兰人总想试着去发展一些更快、更有效率的新型交通工具。在投入使用之前，都需要做测试，所以它们被带到了林村的测试跑道。当马陶还是一个林村马特兰人的时候，他是这个跑道的频繁拜访者，喜欢驾驶新的交通工具，看看它们能做什么。他甚至对此过程中的回形滑行、坠落和爆发完全不在乎！

不要错过……
特马鲁的交通工具

这个说话特快的马特兰人出租并且销售乌萨装运车、在管槽试验中失败的交通工具和在他商铺里的其他款式的交通工具。因为恐高症在汽艇驾驶员的竞选中被淘汰之后，特马鲁决定在陆地上开创一项稳固的事业。对于那些想改用管道作为出行工具的马特兰人来说，这是个再合适不过的方案了。

马陶战士

元素：风

武器：两个飞行叶片，能起到飞行时滑翔翼的作用

面罩：伟大幻觉面罩（可以使马陶在外貌上发生改变，声音也变成他所需要的。）

在所有变成战士的马特兰人中，马陶对这种改变是最满意的。尽管他以前是一位乌萨装运车的司机，但他的梦想还是成为著名的英雄。现在这件事发生了，他打算每时每刻都享受这种改变。在内心深处，他担心自己不能拥有战士的标准形象。所以他有时会炫耀或冒一些不必要的险来证明他是一个真正的"战士英雄"。他显然想给诺加玛留个好印象，但是诺加玛似乎并不对冲动的风战士有丝毫兴趣。

奥卡姆

奥卡姆是林村乌萨装运车驾驶员的负责人。沉着、有条理是他的天性，他总是嫉妒马陶的速度和反应能力。当他侦察到神奇飞盘时，他认为这个发现能使他出名。但取而代之的是，他被尼德希奇绑架并被美特吕战士救出。从此之后，他认为不值得为提高声望而冒险。自从莫布扎克被击败之后，他就失踪了，再也没有人见到他。

霍扎克

霍扎克不像大多数瓦奇那样把追捕违法者的过程当成真正的乐趣。如果它们需要找到某个人，它们会直接清除前进道路上的一切障碍，直到抓住此人。霍扎克的消除杖有着难以置信的强大力量，能够立刻消除一个马特兰人的思想和记忆等，只剩下行动能力。林村马特兰人经常看到这些不幸的人，他们被叫做"沉睡者"，游荡在村子中。

林村的生物

金老虎

金老虎是一种危害严重的巨型啮齿类动物，它是用高效消化系统制造异兽实验的一个副产品。这个成果是一种总是保持饥饿并且能将它所经之地的东西全部吃掉的生物。尽管在林村有一个家，但是这种生物在全城都能见到。一大群金老虎能够将在石村建筑家的村庄——包括房子、工具和其他任何东西在十五分钟内全部吃掉。

谷口鸟

这种巨型鸟类总是在林村混乱的电缆中筑巢扎根。有一次马陶试图骑上一只谷口鸟，但最终以惨败告终。从那之后，他坚定地认为没有一个人能驯服这种谷口鸟。

地村

在美特吕城的所有居民中，地村马特兰人被认为是最不寻常的。不论是他们的发光石矿业，还是在地底深处的档案馆工作，他们的大部分生活都在地下度过。其他地区的居民无法想象在这样的状况下如何生存，但是在地村马特兰人看来，这是世界上最平常的事情。

大部分地村马特兰人在地下档案馆工作，但是他们并不把它看做一项工作。他们热衷于保护美特吕的历史，并愿意勇敢地面对任何危险来保护这个机构。在这里瓦奇强迫地村马特兰人回去工作的情况是非常少见的，如果可能，有一些人甚至永远也不离开他们的陈列厅。

传奇之城美特吕

地下档案馆

　　地下档案馆是整个美特吕最大的独立场所。它围绕着大部分地村的表面，并延伸到地下的不同深度。经过多年的扩张，现在的地下档案馆几乎延伸到了整座城市的下面。

　　这个宏伟的博物馆装满了在城市范围内的史前古器物和每一种异兽的标本。除了水晶知识塔里的预言和记录，地下档案馆保存了其他的所有东西。工具、能量面罩、飞盘、装饰物和一些陌生、奇异的生物在这个建筑中都有它们的一席之地。档案馆的上面几层是对公众开放的，且经常有来自水村的马特兰学生集体参观这里。下面几层作为研究和实验的地方，是限制进入的。

　　到目前为止，在地下档案馆中最能吸引人们眼球的要数展出的各种各样的异兽了。

　　这些生物被瓦奇军捕获并带到地村，这里的马特兰人工作人员把它们放到停滞管中。这些管由内外两层保护层组成。一旦进入内层，胡瓦奇令人生畏的毒气就使这些异兽陷入一种生命停滞状态。

这并不是一个完善的制度。为保证这些异兽不会腐烂，这些气体必须是弱化的。这就意味着，如果内部的保护层破裂，足够的空气将会渗漏进去并唤醒异兽。在多数情况下，它们就会打破防护层，继续破坏、捣乱，直到被瓦奇军——洛扎克所制伏。

由于这些原因，在运送装异兽的管子过程中要格外当心，不能损坏。

这种气体的性质要使特大号生物的生命停滞是非常困难的。这些生物，不管它们是否醒着，被关在接近地面的公共展览层是非常危险的，因此它们被放入在更深层的牢笼或单间中。许多地村马特兰人尽量避免被分配到这些地层去工作。

在较深的地层之下设置着一个网络状的地下隧道。这些隧道非常昏暗并错综复杂，所以地村马特兰人给它们起了个绰号为"蜘蛛网"，就像飞库蜘蛛编织成的混乱丝线。

这里介绍几个还保存在地下档案馆的生物：

拉希：这种披着甲壳的怪物不同时候在城市的不同地点都出现过。它们之中的一小部分被瓦奇军捕获，但是更多的逃跑了，可能还隐藏在城市的下面。

布洛：一段时间之前，地村的矿工偶然发现了像昆虫模样的生物的巢。它们现在在公共地层做展示，一种叫做卡拿的器官生物也在巢里被发现，并被放入了较深地层。

不要错过……

黑暗猎手的监狱

这个地下场所是黑暗猎手们用来关押俘虏的地方。没有任何人知道这里关押的是谁或者为什么黑暗猎手要关押他们。期待瓦奇军将及时控制这里的局势。

双头塔拉卡瓦和巨型乌萨蟹：这些是马特兰人偶然发现的一些已知异兽的奇怪变种。在六个月之前，一种双头深海的野兽被瓦奇军博达克捕获。它已经摆脱生命停滞状态，现在被安置在较深层的一个水箱里。这种几乎难以置信的巨大乌萨蟹可能是普通乌萨蟹与其他一些异兽的杂交产物。它同样已经摆脱生命停滞状态，并被关了起来。

未知生物：在地下档案馆的更深层，有许多生物从来没有被地村马特兰人识别出来。包括一个完全由烟雾构成的异兽；另一个则看起来像任何东西，包括关着它的牢房；一种巨大的昆虫形生物，能够在很短时间内为自己造一个厚重的水晶巢；一种微小的微原虫，在很久以前就已经逃出了困住它们的牢笼，之后在地下档案馆里自由活动。

当然这里也包括那些用于研究而储藏在地下档案馆多年的大量深海野兽。由于它们对城市的威胁，杜马长老下达了一个不寻常的命令：将它们全部赶出美特吕城并且永远不许回来。在这个命令执行之前，这些生物就逃脱了囚禁，之后城市中就再也没见过它们的踪影。

黑暗猎手的监狱

    这个地下场所是黑暗猎手们用来关押俘虏的地方。没有任何人知道这里关押的是谁或者为什么黑暗猎手要关押他们。马特兰人期待瓦奇军及时控制这里的局势。

威诺瓦战士

元素：地

面罩：伟大夜视面罩

武器：两把地震钻

威诺瓦战士不像其他美特吕战士一样勇敢而自信。作为一位前任档案管理员，他知道所有关于马特兰人因莽撞行事而造成灾难的故事。他相信谨慎、计划和了解历史是成为英雄的关键。当然，在地下档案馆的陈列品受到威胁时，他将会不惜一切地去保护这个他认为全美特吕城最重要的地方。

特胡提

事实上，特胡提将他毕生的时间全部花在了地村的档案馆工作上。他是一位明智、有经验并且勤奋工作的马特兰人，但是他感到自己没有得到应有的重视。当他发现了地下档案馆的神奇飞盘时，他确信这巨大的发现能使他出名。但出乎意料的是他落入了黑暗猎手的陷阱，并差点被拉希杀死。之后他同意帮助威诺瓦找到飞盘。但他现在下落不明。

洛扎克

瓦奇洛扎克最重要的工作就是保护地下档案馆的安全。它们是在所有瓦奇军中最无情的，在追击过程中决不放弃。洛扎克的探测杖有长时间持续工作的效能，在受侵害的马特兰人没有察觉的情况下，它使瓦奇洛扎克能看到并听到马特兰人所做的一切。

地村的生物

卡瑞卡

这个雌性的异兽潜伏在地下档案馆更深层的维护地道中。她能呈现出她遇到的任何东西的外貌、声音和力量。当战士们进入地道的时候，她试着用她的能力使这些战士自相残杀。当她失败的时候，她决定诱导美特吕的居民们进入地下隧道，并将他们囚禁起来，自己来统治城市。美特吕战士阻止了她，但是她逃跑了，现在下落不明。

奎瓦

这种异兽可能看上去并不十分危险，但是它被放进了地下档案馆的最高警戒的地带。它在和对手对抗时，会吸取对方的所有力量，并用这些力量使自己变强大。这个有半个知识塔那么大的标本现在已经处于停滞状态了，在它被制伏之前曾经毁掉了地下档案馆的三层。它的同类是否存在仍然是个谜。

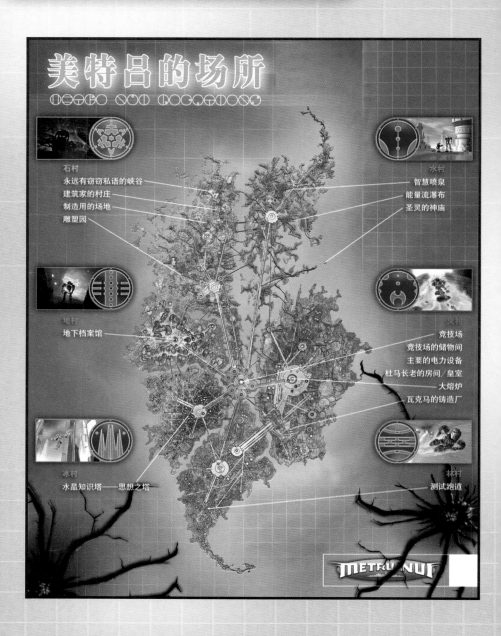

美特吕的场所
METRU NUI LOCATIONS

石村
永远有窃窃私语的峡谷
建筑家的村庄
制造用的场地
雕塑园

冰村
智慧喷泉
能量流瀑布
圣灵的神庙

地村
地下档案馆

火村
竞技场
竞技场的储物间
主要的电力设备
杜马长老的房间／皇室
大熔炉
瓦克马的铸造厂

冰村
水晶知识塔——思想之塔

林村
测试跑道

METRU NUI

传奇之城延续传奇

六位美特吕战士面对一个在美特吕中心的危险阴谋，这个阴谋威胁着他们的朋友、他们的家园，甚至他们作为战士的存在。他们将面对这座城市中最强大力量的挑战，在令人震惊的背叛中幸存，看到一个战士倒下并再也站不起来。

246

黑暗猎手

数千年来，黑暗猎手这个名称给所有生物带来了恐惧。从战士到马特兰人，再到马古他的兄弟连本身，没有一个不感到发自内心的惧怕。从宇宙的每一个角落集结而成的这些强盗、压迫者和畸形的怪物，组成了这个力量可以延伸到任何地方的组织。

我，暗影天尊，将这些勇士和流浪者集结在一起。为了一笔满意的酬金，他们什么都肯做，毫不顾及潜在的危险。那些足够聪明的猎手学会了惧怕我，他们对我的恐惧远胜于惧怕他们自己所犯下的罪行。我的猎手们偷走的物品的价值超过了一整座美特吕城；他们让长老悄然消失在黑夜中；他们侦察、欺骗，毁灭了无数土地——这一切都为了利益和权力。

在这本书中，我收集了我最尊贵的以及最有效率的黑暗猎手的信息。他们每一个都被赋予了一个独特的（并且虚假的）名字，以防这本书落入战士或其他自命为正义守护者的手中。唯一的例外则是那些随时陪伴我的黑暗猎手，以及那些已经死去的或是那些少数逃走的人。当然，在这个记录里我没有记载那些正在执行重要任务的黑暗猎手，因为只要提起他们的名字就会给他们带来被暴露的危险。

我并不指望除我之外的任何人阅读这本书。但是如果我错了，有人阅读了它——我建议你留在光明的地方，跟紧你的任何朋友。因为黑暗猎手们已经开始寻找你……当我们找到你后，你不会喜欢接下来将要发生的事情……

暗影天尊

暗影天尊

任何黑暗猎手的档案册都要从我——这个组织的开创者和首领开始。我真正的名字已在历史的长河中消失，除了我之外，应该没有人记得我的名字……如果他们记得，那他们一定没有胆子说出来。

既然除我之外再没有人会阅读这本书，我就详述一下我的个人经历。我来自一个充满黑暗和冰雪的地方，一个从没受到马他吕"保佑"的地方。当马特兰人被授予他们特殊的地位时，当马古他的兄弟连开始为马他吕的意志而服务时，那些居住在我那里的人们被忽视、被遗弃。我决定建造一个属于自己的帝国，便开始执行各种马特兰人所不敢、马古他的兄弟连所不屑的任务。

现在，数个世纪后，我领导着数百个黑暗猎手分布在宇宙的各个角落。在我的堡垒里，我分配给他们任务，储存他们收集到的宝物，执行着我们的法规。违抗者都会被消灭，而背叛者就更惨了，因为背叛者从来都没被宽恕为死刑。

能力：除了我令人敬畏的力气外，我的眼睛能够发出能分解任何物质的光线，我的权杖能够制造出强大到足以囚禁一名战士的固态能量原。自古以来我只被击败过一次——被马古他击败。总有一天我会复仇的。

状态：活动的。尽管我的年龄违反自然规律地老化了许多（这是与马古他战斗后的结果），我依然保持着对黑暗猎手稳固的统治。只有暴走党胆敢挑战我的支配，而他们将为此付出

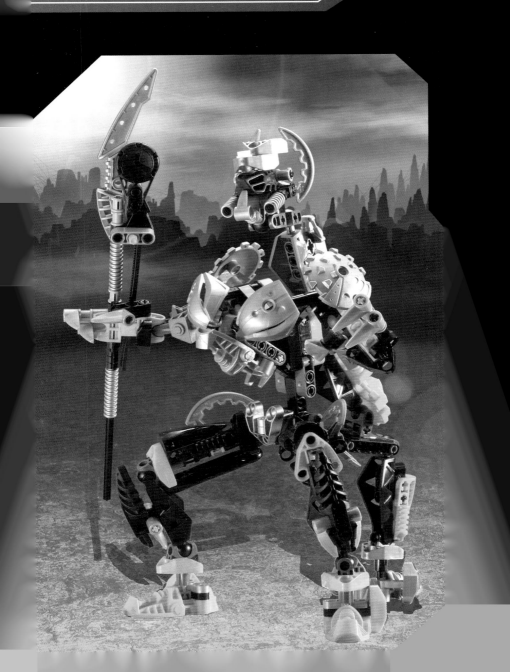

"飞行"是黑暗猎手岛上众多卫兵中的一员。他拥有十分强大的力量，但为何我从不派他去执行任务呢？原因很简单，他的智力太低下了。相比之下，卡瑞卡更像是一个最聪明的天才！他的愚蠢使得他很容易被操纵，但同时也使他变成一个无用的探员。

一对黑暗猎手为执行任务来到了"飞行"的故地，却遭到他的疯狂攻击。其中一个黑暗猎手被他杀死，另外一个将他抓获并带回给我。我迅速说服了"飞行"，告诉他为我工作远比其他选择好，并派遣他到北部的群山去做巡逻工作。

他究竟有多能干？啊，我们无从得知。因为任何一个足够愚蠢的入侵者在遇到"飞行"之后，总是死无完尸。

能力："飞行"的翅膀使得他能够进行短途飞行。他装在胸膛上的发射器能够射出能量网来捆绑目标。他的手杖能够发射一股强酸液体，用来分解那些不幸的入侵者。"飞行"一般从高空发动攻击。他甚至有时会迅速击毁石头、树木和其他进入他巡逻区域的黑暗猎手。

状态：活动的。是的，他是一个笨蛋，但他是一个有用的笨蛋。他曾被训练过，这使他从不攻击我和森塔克，所以我们能够走到他的巡逻区域，并隐藏一些重要的东西。那是岛上少数几个其他猎手从不光临的地方之一，毕竟"飞行"的急性子和无情的处事方法可是不好惹的。

设计者：Adrien Perinet

两栖

很少有外人能够清晰地描述出"两栖"的模样，因为见过他的人很少有活下来的。这个圆滑的两栖生物是一切水中任务的首选执行者。他集合了一个天然掠食者的狡猾、盗贼的深谋远虑和冷酷的智慧，以及塔卡鲨的野性。

"两栖"较早地加入了黑暗猎手组织。他是一个水中的流浪者。他丢失的一只手臂暗示着他在流浪期间，至少在搏斗中输了一次。至于为何他过着这样的生活仍是个谜——或许他是被一个厌倦了他的野蛮的海洋国家放逐出来的。他毫无顾忌地加入了黑暗猎手的行列。

现在，他为我工作。在我的命令下他攻击马古他兄弟连的船只，袭击马特兰人岛屿的海岸。就连他在附近活动的传闻也能使这个地区的海上交通停止运作。他的名声几乎跟他的利爪一样可怕。

能力： "两栖"的一只手上长有又长又锋利的爪子，而另一只手上则有一条多刺的长鞭。他是个游泳健将，而且能够在深水中长期存活。在陆地上，他是一个敏捷的跑步健将，又是一个爬树健将。他拥有高度灵敏的听觉和视觉。

状态： 活动的。"两栖"现在在万野岛的海岸上，他正在关注岛上发生的事件。

设计者：Willy Reese

　　"远古"可能是唯一一个比我年龄大的猎手。事实上，他是我建立这个组织的灵感来源。现在，他为我工作，而在森塔克之后，他是我最信任的探员。

　　"远古"也来自我的故乡。他针对那些强加于我们的严格法规发动了叛乱。他开始让自己受雇于那些肯出个好价钱的人。在这一过程中，他将一个无趣、和平的社会变为一个被军阀统治的分裂国家。每一个军阀互相争夺着"远古"的利益，而他以无情地粉碎他们的敌人作为给雇主的回报。他可以寡廉鲜耻、无法无天、无所顾忌地在一瞬间为了一个好的价钱而加入另一个军阀的阵营。

　　我在内战结束前夕遇到了他，并从他的行为中发现了真正的智慧。他与我都赞成这个意见：这个世界需要一些能够为一个价钱做任何事的组织。这个想法最终使黑暗猎手诞生。

　　能力："远古"拥有巨大的力气。他的盔甲能够抵御任何身体上的攻击。他的靴子装有悬浮飞盘，一跺脚便能开启，使他升入空中。他拥有一个能够高速发射飞轮的升级版发射器，他的飞轮能够使敌人丧失平衡能力。

　　状态：活动的。尽管他的年龄很大，"远古"仍是一名很有效率的压迫者和"火焰发射器"。他目前正与沃帕拉克一起寻找时间面罩。

设计者：Connor Harvey

重炮

就在前不久，七个黑暗猎手胆敢遗弃这个组织，并为了更强大的力量而出击。他们中的六个被记载在这本书中，而第七个成员的介绍则被撕下并烧毁。"重炮"是他们中的一员，他是一个野心勃勃、满腹牢骚的修补匠。而在我移除他的双手之后，他将发现没有双手工作将会何等的困难。

"重炮"原来是一个黑暗猎手的任务目标。我们的一个探员被抓获并囚禁起来，而"重炮"是狱卒。可我们却不知道那个牢房是由"重炮"自己的头脑变出来的。当他被击败后，那个牢房便消失了。在意识到他这种力量能带来的潜在利益后，那些黑暗猎手便将他带回了总部。

不久以后，他便成了一个麻烦。他总是抱怨，质疑权威，为自己的利益打小算盘……这使他多次参与危险任务，而且接受了多位严酷法官的开庭审判。不知何故，他都活了下来，一直到他背叛了黑暗猎手组织，并私自踏上了寻找生命面罩的旅程。但是，我的阴影终究会再次笼罩在暴走党身上。而Avak将发现他的力量无法与我匹敌。

能力："重炮"能够凭空制造出一个能够锁住任何生物的牢房。他也能够熟练地制作出各种武器和用品。他能够运用X射线和远视能力轻松地将物体融合或者分开。他携带着一个刹魔球发射器和一个两用武器：一头是一个丁字锤，另一头则是一个钻头。

状态：流浪中。"重炮"目前与另外五个背叛者停留在万野岛上。他们自称为暴走党，而我更愿意称他们为完蛋的小团伙。

　　"冲锋"是一位与众不同的黑暗猎手——他曾经是一头卡奈拉牛。但是现在，他像其他黑暗猎手一样思考、说话，只不过他的气味不怎么好。至于他是怎么从一个生活在草场的异兽变成一个意志坚强的黑暗猎手仍是一个秘密，但是他的新身份是十分有效率的。

　　众所周知，卡奈拉牛的勇敢和大胆使它们达到一种不可阻挡甚至是自取灭亡的地步。在它们面前放一堵石墙，它们便会冲过去；在它们面前放一座峡谷，它们便会企图跳过去。"冲锋"同样如此。我从不派它去参与一个敌人数量低于六人的任务。即便这六人都比它还要强大，但是最终，他依旧傲然屹立着，而他的敌人都不可避免地在周围东倒西歪，如同破碎的面罩一样无助。

　　当然，他也有弱点。任何出现的异兽都会使他产生激烈的反应，尤其是莫卡虎。他是天底下最愚蠢的黑暗猎手，而且他并不擅长秘密行动。若是让他从敌人的城堡偷来一样东西的话，他会先毁灭整座城堡，然后从废墟中将那件物品取出来。但是只要他的办法依然实用，我决定不去理会他的行为……也不去理会他的味道。

　　能力：一个残酷且强壮的黑暗猎手手持锋利无比的长刀——有什么能比这个更令人满意？"冲锋"同时还拥有一把在很久以前从一个战士手中夺来的巨斧。这把巨斧能够吸收元素能量并将其投向他的敌人。

　　状态：活动的。他正在追踪几个厌倦了我盛情款待的马特兰劳工。这一次，他甚至可能将他们完好地带回……或许吧。

　　设计者：Thane Ratliff

魔术师

　　我称为"魔术师"的这个人物来自万野岛以南的一个岛屿，在那里，他是一个勇士之王。他从那里的尖端科技获得了各种力量，他的各种技艺在他的马特兰人看来简直就是魔术。尽管他喜欢自己的力量和统治，但他一直没有办法扩展他的王国（马特兰人组成的征战部队总是臭名昭著）。所以当他被介绍来加入黑暗猎手时，他毫不犹豫地把握住了这次机会。

　　尽管我很清楚他的各种能力的成因，但他依然将自己的形象保持为一个神秘的独行者，并且能够接触超出任何人理解范围的力量。他总是利用充满戏剧性的本领来完成任务，使得目击者都为他是如何完成的那些任务而伤脑筋。一直以来，他总是计划着统治黑暗猎手组织，但是他没有意识到我的"魔法"远比他的强大。

　　能力："魔术师"拥有强大的瞬间移动能力，他持有一把物质分解手杖（尽管他自称物质分解的力量是属于他自己的，而非手杖）。他的飞盘能够暂时偷走对手的力量，并导入自己体内。他对水有一种强烈的反感，至于原因我们还无从得知。

　　状态：暂时不活动。"魔术师"试图吸收一个马古他兄弟连成员的力量，因而使自己严重超载。当他醒来后——若他能醒来——他应该学会了谦虚。

设计者：Stephen Ramberg

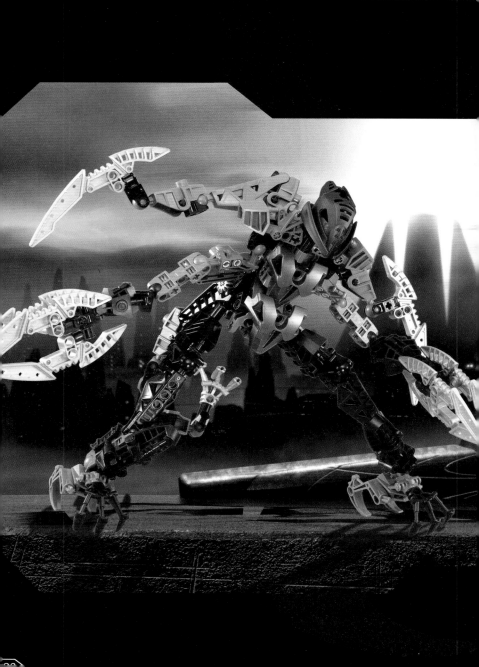

每一个统治者都会有一个阴影，一个每一刻都保持注视并伺机而动的人物。在统治者刚一露出弱点时，他便会突然袭击，击败统治者，并将王位据为己有。这是残忍却十分必要的办法，以保证统治者心中永远都不要出现同情和疑惑。"黑暗"是我的阴影，他高居在我的王室之上，等待着我出哪怕是最微小的差错。

他在注视时是悄无声息的。没有人，甚至连我，都不知道他那双血红的眼睛背后思考着什么。他偶尔下来训练那些不合格的黑暗猎手，以练习自己的身手。随后他将再次回来，继续监视我。只有在我离开岛屿时他才会随我离开。不知何故，他总能在不与我同行时了解我的情况。

我能够在一场公平的战斗中战胜"黑暗"吗？答案是不能。这并非因为他比我强大、比我狡猾，而是因为到了我产生迟疑、无法残忍地打击我的敌人的那一天，我已经失去了能够粉碎我的阴影的优势。

能力：未知。我曾见过他用自己的利爪撕碎敌人，也曾见过他滑过一个没有任何人能够穿越的狭小空间。但这会是他的全部力量吗？我并不相信。

状态：活动的。他依然在监视我。

设计者：Richard Glover

遁地

　　尽管别人可能无法从他的外形上猜出来，但其实"遁地"的工作是整个黑暗猎手组织中最重要的工作之一。他被永久地派往了美特吕城，他的任务便是监视美特吕城里的一切事件，并通过系在异兽身上的信件将情况传递给我。美特吕城在战略上对黑暗猎手和马古他的兄弟连都极其重要。而最近发生的事似乎预示着夺走美特吕的最好时机即将到来。

　　初步看来，"遁地"的强大力量是显而易见的。但他真正的力量来自他的大脑，而这些力量使得他尤为尊贵。他在档案馆的基地中能够监视美特吕城发生的所有事件，并很好地将自己隐蔽起来，使得异者和其他路过档案馆的人无法发现他的存在。他很聪明、很安静，而且很有耐心，因而他已经在美特吕待了一千年了。

　　他最近的信件指出，现在只有光战士留守美特吕。这可能将成为"遁地"大显身手的好机会。袭击马特兰人，将美特吕预备好来让我夺取。

　　能力：在地村的地下深处，在他的基地中，"遁地"能够利用他的大脑探查别人的思想甚至传达各种噩梦使他们发疯。他同时能够隐蔽自己，使他人无法察觉。

　　状态：活动的，他目前的任务是在光战士最心烦意乱时追踪并将其击倒。

设计者：Nathan Pavich

　　"终结者"是马古他打算控制美特吕城和那里的马特兰人时雇用的第三个黑暗猎手。当另外两个黑暗猎手在近处帮忙时，"终结者"的工作便是追踪并击倒美特吕的战士们。马古他伪装成长老，将美特吕战士派到城外去完成任务，使得他们成为"终结者"的直接目标。

　　但那都是很久以前的事了。现在，"终结者"扮演着黑暗猎手组织的"检修工"角色。如果一个黑暗猎手在任务中遭到了失败，"终结者"便会被派去歼灭那个不合格的黑暗猎手，然后自己继续完成那个任务。他对于这两项工作都很拿手。

　　"终结者"受到了全体黑暗猎手的憎恨，而且他很少回到总部来。尽管他拥有纯粹的强大力量，但他的伙伴总有团结起来努力终结他的可能。

　　能力："终结者"能够利用并组合多达四个飞盘，并将这种组合能量像闪电一般通过他的利爪发射出来。他也能够通过安装在他背部的发射器发射飞盘。他灵活且迅速，尽管他很庞大。阴影似乎喜欢附着在"终结者"身上，这使得他很难在昏暗的环境中被发现。

　　状态：活动的。"终结者"目前在另外一个岛屿上，等待着他的黑暗猎手伙伴犯下不可饶恕的错误。

设计者：Rob Drabkowski

烈焰

作为黑暗猎手中比较新的成员，"烈焰"加入我们的理由有些非同寻常：他并非因为憎恨战士，也并非因为贪婪，更不是因为对力量的渴望。他加入我们只是为了猎杀万毒蜘蛛。

从前，他是一个普通的马特兰人，生活在一个位于美特吕以南的悠闲小岛上。他平和的生活被万毒蜘蛛的入侵打破。在惊惶失措之际，他和他的朋友们匆忙逃亡，却不幸落入液态能量原中。只有一个马特兰人生还，而这个生还的马特兰人变异成了一个穿着盔甲的巨人，并且怀着对万毒蜘蛛的痛恨。

毫无疑问，在与马古他兄弟连的战争期间，每一个黑暗猎手都非常愿意带上"烈焰"一同作战。尽管现在的万毒蜘蛛已经"群龙无首"，但"烈焰"依然会很快地猎杀它们。我允许他这样做，因为我不希望马古他能够重新组织起一个潜在的蜘蛛军队来与我抗衡。

能力："烈焰"备有一个不可击破的盾。他的飞轮能够吸收空气中的所有热量并向敌人发射出一个毁灭性的火焰冲击波。

状态：活动的。我先前将他派到一个据说有一群万毒蜘蛛出没的岛屿上。他也许会遇到几位马古他兄弟连的侦探，如果那样就太遗憾了——他们会完蛋的。

设计者：Michael Steiger

黑暗猎手

许多家伙为了利益和冒险而被引入了黑暗猎手的生活，也有些是为了逃避他们过去的生活而来到这里。而其他的，比如"收集者"，是被强迫加入黑暗猎手并被强迫留下的。

在过去的生活中，"收集者"是一位马特兰人——而且是个领导人。他因他的诚实、公正和其他的一些可悲的美德而闻名。当他成为我们任务的障碍时，我下令将他捉拿归案。经过一番……说服之后，他开始以我的观点看世界。现在他为我工作，利用我赐予他的力量帮助我猎杀我的敌人。在每次成功完成任务后，他都会从他的对手身上取走一块盔甲，装在自己身上，使他成为现在的巨人。

他是否会偶尔想念他过去的生活呢？在他的内心深处，是否有一部分在反抗黑暗猎手，并想要保持一份马特兰人的清白？我不知道。我也不在乎。他将继续执行分配给他的任务。否则，或许有一天，其他人会收集他身上的盔甲作为战利品。

能力："收集者"经过改造之后，他再也不需要进食、睡觉。他和那些在地下生活的异兽有心灵感应，使得他能够随意操控那些异兽。他同时备有各种武器，这包括：一个能够切开固态能量原的利剑和一把既能当盾又能做一个能量加农炮的剑。他的飞轮拥有扰乱对手大脑的能力。

状态：活动的。"收集者"最近告诉我他正在追踪一个奇怪的游戏第三者：一个除黑暗猎手和马古他兄弟连之外，同样在这个宇宙中拥有强大力量的组织。我很不安地等待着他的消息。

设计者：Sam Winfield

斗士

有一些地区的文明因战争而兴盛。其中一个便是毒蛛邪帝和卡瑞卡的故地，一个将战斗视为永恒真理的地方。就连他们的娱乐活动都围绕着暴力进行：强壮的战士战斗到死，只为博得上级的欢心。"斗士"便是这样的。

他一直是当地大众的宠儿，他总是击败本土对手和外面的囚犯。有一夜，经过一场异常激烈的战斗后，他失去了理智并进入了发怒状态。至少有十二个卡瑞卡的同种类守卫被派去干掉他，但是他将他们一一击得粉碎。最终几乎半个地区的所有守卫一齐出动，才终于制伏了他。

他的力量和技能吸引了我的一位黑暗猎手的注意。他自作主张闯进了监狱并将"斗士"带到我的岛上。尽管起初他很难控制，但他对于战斗的渴望最终胜过了他对权威的痛恨，使他成为我的兵工厂里的又一件实用武器。

能力："斗士"的主要能力便是蛮力。其次便是他凶残的利爪以及令人难以置信的抗击打能力。经常地，他的出现本身就能使他连动都不用动即可达到他的目的。

状态：活动的。他目前已经回到了他原先驻扎的竞技场，这一次是为了做间谍。他正在打探一些有关毒蛛邪帝的种族是否打算重新召集万毒蜘蛛军队的消息。

设计者：Nathaniel and Zachary Sager

"守护者"是一位保守秘密者。他总是待在所有黑暗猎手与敌人战斗的外围，而这些敌人包括战士或马古他兄弟连。他的职责很简单：如果有一个黑暗猎手被抓获了，那他将在那个黑暗猎手将任何秘密泄露出去之前封住他的嘴。

"守护者"原本来自一个被战争完全毁灭的小岛。他的部落出现了叛徒并落入敌手。守护者被一阵飞轮的交叉火力弄伤，并被遗弃，任其自生自灭。我的一位黑暗猎手在路上被他绊倒，在意识到他可能成为一名盟友后，将他治疗直至康复。

到了我的岛上之后，他配备了新的武器并被赋予了新的任务。他曾经被伙伴背叛，而现在，他将活下来并保证不会有任何黑暗猎手做出这样的背叛行为。他浑身装满了愤怒和复仇的欲望，这使得他证明了自己能够无情地并有效地封住任何可能的背叛者的嘴。

能力："守护者"的右手经过改造后使他能够使用一把带有飞轮发射器的手杖。他的飞轮包含着类似于石和土的力量。在近身搏斗和单挑时，他的利爪能够令所有人"满意"。

状态：活动的。"守护者"在黑暗猎手与马古他兄弟连之间的战争中十分忙碌，我认为他还需要一段时间才能懂得休息。

设计者：Jordan Steelquist

火牛

有"火牛"作为盟友就像……就像在夜间有一条毒蛇蜷曲在你身边。在一连串需要违背道德的工作中，"火牛"成为背叛的高手。他从前的一些同事告诉我们永远都不要背对着"火牛"。事实上，他会一边开心地看着你的双眼，一边捅你的后背。

"火牛"是那七个背叛黑暗猎手组织并成为暴走党的背叛者中的一员。要不是因为他，我肯定不会知道他们在哪里，也不会知道他们在寻找什么。在他们去万野岛的路上时，"火牛"通过我的探员给了我一封信，告诉了我他们的大概计划以及目的地。这是为什么？答案是为了能够尽快除掉他的同伙，当然，也为了博得我的喜欢以防他们的反抗团伙失败。

每一个暴走党成员都很强大、无情、自私，而且可能都疯了。但是他们没有意识到让"火牛"加入他们的行列的后果，他可能导致他们所有人的死亡——除非我先被他杀死。

能力："火牛"可以产生破坏性的精神能量液和热视力。他备有一件双重武器：一头是一个利爪，另一头是一个熔岩发射器。他同时备有一个刹魔球发射器。

状态：流浪中。如果万野岛的一切进展不够顺利的话，他便会企图逃回黑暗猎手总部。到那时，我们将用我们自己的方式欢迎他。

　　与这本书中的其他黑暗猎手不同，"魔兽龙"并非一个个体，而是八只。很久以前，有一小群愚蠢的万毒蜘蛛来到了我的岛上，我将它们抓获并分析了它们的毒液。那是一种不可思议的物质，而我很希望看到这种毒液能够做什么。因此我选择了八位黑暗猎手，使他们暴露在毒液下。

　　结果他们变成了现在这样的类似蜥蜴的猛兽。他们野蛮、残暴、恶毒、叛逆，而且自从他们被制造出来后，他们的训练一直是个大问题。但他们可怕的外形是很有用处的。

　　当然，到了某一时刻，他们兽性的一面会完全控制他们，到时候他们将只会是一些异常残忍的宠物。但到了那天，我发现他们对于索要那些想赖账的客人的债务是很有用的。

　　能力：除了得到提升的巨大力量、敏捷度和追踪能力外，"魔兽龙"的爪间还流动着天然的电流。这种力量能够任他们操控，而且能够电死任何触碰到它的人。

　　状态：活动的。那些拒绝履行协议、打算赖账的人真是可悲，他们总是逼我使用"魔兽龙"来要债。这个世界上的"信用"到哪儿去了？

　　设计者：Austin Stoeffler

变种夸塔

任何一个与马古他兄弟连战斗过的人（就像我一样）都很了解拉希。马古他从自己的身体中拉出一个蛇般的夸塔出来，将其泡入液态能量原中，然后那个夸塔便变成了拉希盔甲。但拉希并非夸塔所能变成的唯一东西，变种夸塔便是一个例子。

马古他将一个夸塔放入将布洛恶魔变种的物质混合剂中，最终变出了一条非常聪明且强大的蛇形怪物，这个怪物能够控制火、水和黑暗。马古他建造了一套远比拉希强大的盔甲来给他的新实验品提供住所。那盔甲本身就是一个富有攻击性的武器，上面备有"利爪"和"牙齿"来抵御攻击者。

变种夸塔拥有极大的野心，而且多次为了自己的利益而不去理会任务的目的。上次发生这种情况后，我让"野兽"向他展示了击碎盔甲是一件多么容易的事。

能力：除了上述的各种力量外，变种夸塔拥有一把双刃的火焰剑和一个飞盘发射器。

状态：活动的。他刚刚从一次与另一位黑暗猎手战斗后的重伤中恢复过来。他是被派去抓住暴走党的小队中的一员。

设计者：Morgan Alfrejd

　　一个近乎完美的组合——卡瑞卡纯粹、强大并且残忍的巨大力量配上尼德希奇的奸诈与狡猾。后者是一位蹩脚的黑暗猎手，他总是寻找着逃离这种生活的途径，而前者是一个没有大脑的大肌肉块，用来确保尼德希奇遵循指令。

　　卡瑞卡曾过着一个简单又充满暴力的生活，他在自己的故岛上当一名守卫，直到他干扰了一位马古他兄弟连的代表。他丢掉了自己工作，而且也丢掉了一只眼睛，并被迫逃离他的家乡。他最终击败了足够多的对手以吸引黑暗猎手的注意，并最终被组织招入。

　　尼德希奇原来是一位风战士。在一次企图背叛美特吕投奔到我手下的尝试失败后，他被流放出来，并从那个恶劣的地方来到我的岛上寻求庇护。我将他派去执行一些二流的任务，并一直让卡瑞卡做他的搭档。因为那个巨大、残忍的白痴太过于盲目地效忠于我，使得他难以忍受尼德希奇的背叛行为。最终，尼德希奇企图收买一位来访的陌生人以打探一条离开岛屿的路，而那个陌生人——毒蛛魔后，将他变成了一个怪异的、类似蜘蛛的怪物作为"回报"。由于太过丑恶，他并不受其他地方的欢迎，这迫使他永久地成为一名黑暗猎手。

　　能力：卡瑞卡非常强壮，力量远在战士之上。他能够飞行而且能向敌人投掷能量网将敌人困住。他对于重新排列敌人身体各个部位的天赋弥补了他速度及敏捷度上的缺憾。尼德希奇能够飞行，对着敌人吐出能量流，还非常善于计划巧妙的偷袭。

　　状态：已死亡。我将他们派去帮助马古他获得对美特吕的控制权。当他的计划即将被战士阻止时，他杀害了我的这两位黑暗猎手。这激起了黑暗猎手和马古他兄弟连之间长达数个世纪之久的战争。

潜伏者

　　"潜伏者"来自一个落后的岛屿，在那里一个小罪行将会被视为谋杀一般的行为，且将得到被驱逐的下场。"潜伏者"并没有选择为此回击他的邻居们，而选择独自离开他的岛屿。他接受了所能获得的任何任务，而其中一些工作则可能落到黑暗猎手肩上。因为我不赞成这种工作上的竞争，所以我将他招入黑暗猎手组织。

　　当他获得一个去选择如何改进自己的机会时，他因为对那些旧式工具的喜爱而拒绝了其他新型武器——他选择了针刺、剑和利爪。作为补充，他给自己在肩上装配了两个能量面罩，希望它们能够像是一种战利品。

　　在十分强壮又敏捷的情况下，他备有利爪的双臂使他成为一位攀爬高手。战士们为了防范"潜伏者"从天而降，都学会了注意检查天空。最近，"潜伏者"给了一些烦人的长老一次教训作为示范，以此来确保那里的马特兰人为我们提供的保护而付钱。

　　能力："潜伏者"是一个天生的猎手和战将。他的各种技巧在多年的孤独生活中得到磨炼。他全新的"天然"武器使得敌人无法预测他下一次将从哪里出击。

　　状态：未知的。"潜伏者"被派去调查一些有关马古他被战士杀死的传闻，他至今未归。

设计者：Thomas Dolan

　　世界上没有什么比友情更神奇的了，如果有我也会知道的。友情能够使一个人放弃一切，并为了一点点希望而做出愚蠢的事情。它也能使一个人变得很容易被操纵。

　　"模仿者"便是后一种情况的一个例子。他一生中的大部分时间都与他故岛上的朋友在一起。他们的家乡受到了严重的自然灾害的威胁，而他们两个为了生存而共同努力。在这一过程中，"模仿者"发现了自己有能够复制任何利用身体实施的技艺。他完美地、不需任何练习地掌握了这种能力。在知道这件事不久后，他的朋友神秘地消失了。

　　"模仿者"不顾一切地想要找到他，因此他踏上了一条漫长却没有结果的寻找之路。我很容易地说服了他：只要为我工作，我就会派我的黑暗猎手去找他的朋友。他证明了自己是一位很有效率的猎手。而且只要他的朋友没有找到，他就将一直保持这种状态。因此，他的朋友将继续"消失"很久很久。因为除了我和森塔克之外，没有任何人知道他的朋友正待在我的地牢里。就像我刚才说的，友情能够使一个人变得很容易上当。

　　能力：将一位神射手展示给"模仿者"看，"模仿者"自己也会变成一位神射手；让他观看一位善于舞剑的黑暗猎手几秒钟，"模仿者"自己也会变成一位剑术大师。如果他为自己的利益而学习各种技艺，那么他将变成这个宇宙中一股难以对付的力量。但他一心只想着他消失的朋友，所以我会继续保留他。

　　状态：活动的。"模仿者"被派去执行一些离总部很远的任务，他很少被允许回来。为何要冒险让他发现自己朋友的藏身之处呢？

设计者：Kurtis Spletter

爪牙

　　"爪牙"很可能在我与马古他兄弟连之间的战争中成为一位很有价值的走狗。他被认为是马古他兄弟连的一位压迫者。"爪牙"是马古他众多富有想象力的异兽实验品中的一员。他在马古他和他那个恶劣的小团伙身边待了很长时间。

　　马古他的兄弟连没有意识到他们的实验将"爪牙"的智慧提高到了一个足以听懂他们说话的高度。"爪牙"聆听着，并从他们的谈话中学习着，计划着在未来的某一天将他新发现的这些知识派上用场。当哈嘎战士反叛马古他的兄弟连时，"爪牙"在混乱中把握住了机会，逃离了那里并来到了我的岛上。

　　从那一天起，他一句话都没有说过。我不知道他是被马古他的兄弟连变成了哑巴，还是因为他正在保守秘密，但我确信他那个野兽的脑袋里藏着大量的信息。有一天，我会想出办法得到这些信息——即使我需要将他的大脑移出来。

　　能力："爪牙"的兽皮被坚不可摧的盔甲覆盖着，他的利爪又尖又长。他的追踪技巧能使他感觉到远隔一个大陆的马古他兄弟连的成员。

　　状态：活动的。我更喜欢让"爪牙"待在我的身边，以防他"突然找到了自己的舌头"。他同时能够作为一个异兽守卫，来防范任何马古他兄弟连成员进攻我的城堡。

设计者：John Brodeur

不，"毒物"并不是最聪明的，但是他作为黑暗猎手是有他的用处的。其中一个用处，便是他有一种对马特兰人的极度憎恨。这是因为他的种群被那些小白痴猎杀得几乎灭绝。而另一个用处，便是他展示了对我的绝对忠诚。毕竟叛乱是需要大脑的，不是吗？

当我的黑暗猎手们第一次遇到"毒物"时，他正在对一个马特兰人殖民地发起无用的进攻，并被当地的战士彻底击败。当他被带到我的岛上时，我们才发现他并没有使用自己的主要进攻武器：流经他全身的毒液。尼德希奇教会了他如何使用自己的毒液，并有了一个新奇的发现："毒物"唯一的弱点就是他自己的毒液！

从生物学的角度上看，我的研究员弄不清楚这是为什么。但这给"毒物"提供了一定的保护，因为他的敌人取得他身上毒液的唯一方法是使自己被毒液感染，但到了那个时候，再将毒液用来对付"毒物"却为时已晚……

能力："毒物"能够吐出一种麻痹性的毒液。如果半小时内不给予任何治疗，那这种毒液将是致命的。他的尾巴还能够重击敌人。

状态：活动的。他与异兽的惊人相似使得战士们很容易轻视他，从而忽略了"毒物"是一个半智能的黑暗猎手。

设计者：Isaac Evavold

原始

　　常常会有一些黑暗猎手所构成的祸害比他们自身的价值大。这些黑暗猎手由于太过烦人而难以被收留，但他们又因为很有效率而让我难以杀掉他们……这真是一个令人困惑的问题。

　　"原始"是一个野蛮部落的勇士，但他的故乡被万毒蜘蛛入侵。他带领了一队生还者成功地与万毒蜘蛛战斗了许久，并进入了我的视线。我将他和那个小队的所有勇士都招入了黑暗猎手。但后来我将其他勇士返还给了万毒蜘蛛。我讨厌无用的零碎材料。

　　一开始，"原始"是一个很难解决的问题。他拒绝了所有生物力学上的装配和改造，只接受了一个麻痹装置，并将其植入皮下。同收集者一样，他收集各种战利品。但短时间后，他开始拒绝执行一些没有好战利品的任务。另外，他极度的正义感有时候让他杀死了委托人，而非任务目标。现在，我为他的有效性而容忍他的过错。但我要是厌倦了他的古怪行为，他的存在将立即被我终结。

　　能力："原始"把他的麻痹装置作为最后的杀手锏。他更喜欢依靠他的力气、速度、特殊的战术以及一把值得信赖的长矛击败敌人。

　　状态：活动的。"原始"是少数几个单独行动的黑暗猎手之一。他很反对一些黑暗猎手的行为和态度，而且希望通过他的长矛来宣泄他的不满。

设计者：Peter Dolan

　　"猎手"喜欢毁坏东西——毁坏很大的东西、很小的东西和活着的生物。无论毁坏的是什么，对于他都没有区别。再加上他不耐烦和容易激动的情绪，往往使人以为他是一个没有头脑的蠢蛋。但是他们错了。"猎手"之所以吸引我的原因之一，便是他集合了力量、智慧和狡猾。

　　我的黑暗猎手发现了独自留在故乡的"猎手"。根据他们的报告，那里曾经有一个十分繁荣的文明社会。一切因为Reidak与一位当地执法人员的一次小争论而改变。这个小争论逐步上升为与地方官员的争执，直到他与城市工头发生了一场令人惊愕的对峙。在一切结束之前，整个城市中甚至没有两块砖头是搭在一起的。那些没有及时逃离岛屿的住户便由于动作迟缓而遭到了命运的惩罚。

　　在加入黑暗猎手之后，"猎手"执行了许多"粉碎并抢夺"的任务。在注重"粉碎"这个环节的情况下，"猎手"展示了他懒于制定计划、讨厌机密行动及对密封的地方（比如说牢房）怀恨在心等特点。至于他要反抗我的命令、去寻找宝藏，并最终成为暴走党的原因，我不清楚。但一旦他被抓获，我很确信我能够找到一种方法得到答案。

　　能力：除了他巨大的力气之外，"猎手"拥有一种与众不同的能力——在每一次被击败后它能够学会迅速适应，使得他不可能被同一种方法击败第二次。他还拥有热成像能力。

　　状态：流浪中。"猎手"目前正与其他的暴走党一起待在万野岛上——一个极度危险、连黑暗猎手都宁愿远离它的岛

野人

　　"野人"曾经是一位不幸遭遇一个万毒蜘蛛巡逻队的战士。那个时候，全世界都不大清楚这些类似于蜘蛛的东西是什么，也不知道它们能做什么。"野人"被抓住并突变成了魔兽战士，但他的其他战友却逃走了。

　　当"野人"终于逃脱出来，并找到了他的伙伴时，没有一个战士认得他。他们以为他是一个怪物，并攻击他。当他变得更加愤怒和绝望时，他的突变突然加速，以致丧失了说话能力，只能咆哮或吼叫。他完全失去了控制，并攻击了他曾经的朋友。随后他逃走了，心中充满悲痛、内疚和愤怒。

　　给我一点愤怒的火花，我就能将其变成一个炼狱。当他落到我的手中后，我的探员告诉了我他发生了什么。我说服了他，告诉他其他的战士都嫉妒他，是那些战士让他被抓住而后变成一只野兽。在他这种发狂的状态下，他相信朋友就是敌人——而我又得到了一名新的黑暗猎手。

　　能力："野人"是个狩猎高手，他能够在沙漠中追踪到微小的一粒尘埃。他的飞轮能够麻痹对手，他的三刃利爪能够溶解固态物质。

　　状态：暂时不活动的。"野人"常常进入疯狂状态，而且必须被抑制住，以防他伤及自己或其他黑暗猎手。现在，他正待在一个特制牢房中。他的薪水会因他对牢房造成损坏的增加而减少。

设计者：C.J.Konopka

如果一个黑暗猎手是为了自己的目标和野心而加入黑暗猎手组织的话，这不足为奇。"搜索者"便是这种生物。就让时间来告诉我们，当他达到自己的目的时，他是否会做出离开黑暗猎手组织这个愚蠢的举动。

"搜索者"原来是马古他兄弟连的一个仆人，他同时还是光之面罩的守卫之一（当然是在马古他兄弟连将其偷走后）。他的任务，便是保管并保证面罩的安全，可惜他失败了。哈嘎战士偷走了光之面罩并成功逃脱了，尽管他们后来被变成了充满兽性的异者。"搜索者"被马古他兄弟连踢了出来，并开始了独自一人的复仇任务——找到异者并夺回光之面罩。

到现在，他依然没有成功。异者将光之面罩给了美特吕战士，而那些战士将面罩带离了美特吕。当异者停留在美特吕城时，他们似乎成了很容易攻击的目标——而他们很可能会被抓获，但前提是我告诉"搜索者"这些信息。就像我说的那样，如果他达到了自己的目的并准备辞去职务的话，那这将会是一个耻辱，而我必须杀掉他。所以，他依然执行着我给他的任务，完全没有意识到他曾经何等接近他寻找多年的目标。

能力："搜索者"的主要武器是他的手杖，那手杖能够削弱敌人身体上的力量，并发出震动波。当这一过程完成后，他的震地杖便会对着已经头脑发晕的敌人发出一个无比强大的能量波。

状态：活动的。"搜索者"总是热衷于某项新任务，能够让他到从未去过的地方。他希望在这些旅程中能够找到异者。毫无疑问，他从来没有被派到美特吕执行任务。

设计者：Daniel Walsh

森塔克

作为我最忠诚的仆人，森塔克是这个宇宙中我唯一信任的生物。对于其他黑暗猎手，甚至对他自己而言，他的过去是一团谜。他唯一知道的，便是遵循我的领导并为我工作——他的生命没有别的意义。但是如果他知道是我将他变成了现在这个样子，他还会热衷于服从我的命令吗？

森塔克并没有活着，他也没有死。他似乎介于活与死之间。这个结果是因为……因为我的一次实验。那时我企图制造出一种更忠诚、更容易顺从我的黑暗猎手。我获得了成功，但在这一过程中，他的记忆被抹去了。在经过长时间的重新教育后，我便发现如果以后再使用这种方法将会是一个很没有头脑的举动。

我能够真心说，我欠森塔克一条命。是他多年前在我与马古他作战后救了我。他将我带回了我的岛上，在那里我能够得到康复并保持我的愤怒。也许有一天，当我突然感到要做些善事时，我会让他从现在的空虚生活中解脱出来……然后以我的死亡来还给他那条命。

能力：森塔克拥有他与生俱来的一些力量——制造幻觉、控制黑暗、变化分子结构和洗脑。他还能够发射出一种可以使人暂时丧失物质形态的飞轮。

状态：活动的。森塔克目前正在追踪暴走党。他被命令去逮捕他们，如果他们太过于烦人的话，那么就将他们全部终结。

"黑暗盗手"是一个与众不同的生物，他是一个痛恨其他黑暗猎手的黑暗猎手。有关他的传说很多，但是实际的资料却很少。不过，他最擅长的便是终结其他没有效率的黑暗猎手。我将他视为一种祸害，因为他总是击败那些低弱的黑暗猎手，却使得那些强大的更加强大。

他年纪很大，或许比我的年龄还要大。相传他是一个远古英雄，那个时候第一个战士还没有出现，他或许是一种截然不同的战士。最终，他的时代结束了，而战士则成为马他吕选中的武士。或许他讨厌这一切，或许他在这个全新的世界中找不到自己的位置……于是他加入了黑暗猎手。

我一开始派他去了这个宇宙中最遥远的地方去执行一个可能要花上许多年的任务。但是他在几天内就完成了任务，并从那一刻起踏上了回到总部的旅程，一路上击败各种战士和黑暗猎手。最终，他会来到我的大门前，然后我们将分出高下。

能力："黑暗盗手"能够吸收他周围的黑暗并将其转化为能量。他能够进入黑暗并在任意一个地方再度出现，前提是那个地方有黑暗。很显然，他的这种能力有一定界限，要不然他早就该回来了……除非他正在为我们最终的对峙而摩拳擦掌。

状态：活动的。"黑暗盗手"的能力使得他出色地适应与马古他兄弟连的战斗。我甚至听说马古他兄弟连想要雇用另外一个黑暗猎手来终结他！

设计者：Aaron Cassity

飞轮

有时候，最无用的黑暗猎手新兵便是我们自身的敌人：战士。尼德希奇并不是唯一的，更不是第一个加入黑暗猎手组织的战士，尽管他比其他加入的战士更为蹩脚。就以被称为的"飞轮"的这位黑暗猎手为例，他很热衷于各种过失。

他的故事是一个典型。他是一个好斗的战士队伍的一员，那时他们正在与变种拉希进行着激烈战斗，而"飞轮"却被推入了一个几乎无底的深坑中。他声称是其他战士将他推入那里的，尽管很有可能是拉希所为。当我的探员找到他时，他浑身上下多处重伤，并奄奄一息。

我们使他恢复了健康，并给他做了一些……改进。尽管失去了他的风元素力量，可他至今仍然是一名很有效率的黑暗猎手。不幸的是，他非常不适合执行秘密的任务。在将他改造的过程中，他周围的空气变得沉重而有毒性。这种情况一直持续至今。

能力：只需看上一眼，"飞轮"的双眼就能使他的目标头晕目眩。他的一对切割杖能够发射出一种飞轮，那种飞轮能够扰乱敌人的平衡意识。如果两把切割杖被合在一起，那么合成的飞轮能够使敌人陷入昏迷（不过制造这种飞轮所需的巨大能量能够使"飞轮"暂时失去力量）。

状态：活动的。因为他的能力能够远距离使用，所以他能够无声并十分有效地摆平目标周围的守卫。他说自己只想猎取战士，但我坚持让他执行我的指令，否则我就会让他尝尝被自己的力量攻击是什么感觉……并让这种感觉持续下去。

很久很久以前，我称为"地下"的这位黑暗猎手曾经是美特吕地村的一位马特兰人。在黑暗猎手与战士的战争期间，他正在帮忙为水村的地下档案馆修建新的分馆，直到整个隧道倒塌。至于接下来发生了什么，我们并不清楚——也许上面正在进行某种实验，而上面的东西洒在了他身上。他毫无顾忌地不断突变，最终变成了现在这个奇异又可怕的样子。

当"地下"终于爬出来时，他发现他的新外表让他的老朋友都害怕极了。他既震惊又充满悲痛，并在战争结束之际与黑暗猎手一同离开了美特吕。直到现在，他为我工作，并证明了自己猎取战士是最有效率的。

不幸的是，制造出"地下"的那次意外有一个严重的副作用：他的听觉被提高到了一种连最微小的声音都能使他分外痛苦的地步。所以他被装入了一套能够降低声音的盔甲中。毫无疑问，他总是想要避免碰到超声波战士。

能力：只要经过"地下"最轻微的触碰，任何物体都会被分解。这使他成了一个完美的破坏者。另外，只需看上一眼，"地下"就能让他的敌人暂时性地固定不动。

状态：活动的。我最近派遣"地下"去和一个Frostelus（一种强大而充满智慧的异兽）部落讨论联合的事情。这是因为他是少数几个比Frostelus还要难看的生物之一。

设计者：Paul Fischer

孤客

"孤客"曾经有一次胆敢从黑暗猎手手上偷东西，这使我发现了他的独特才能。我的三位黑暗猎手正在马古他兄弟连的一个城堡执行任务，直到"孤客"将他们冻成冰块，并企图带着他们的武器逃跑。但是，毫无疑问地，他失败了。不过我的黑暗猎手并没有处死他，反而将他带到了我这里。

我很快发现他很有才、很自大，而且跟其他黑暗猎手不好合作。部分原因在于，当情况变坏时，他总是趋向于抛弃他的同伙，独自逃走。他还非常善于激化他的队友之间的争斗，并为自己的利益而让队友起内乱。

他最终还是成为一名很棒的战士追捕者。他会毫不犹豫地为抓获目标而牺牲他的队友。我对于他的背叛，以及成为暴走党并踏上了寻找力量的征途毫不感到意外——不过，如果他能够活下来，我就会感到很意外了。

能力： "孤客"拥有能够给予无生命物体以生命的能力，并让其为自己效力，这些东西可以是石头、树木或一种装备。他对于严寒有一种天生的免疫力。他还拥有一个能够将其他生物瞬间冻成冰块的武器。他还能够让他的目标在一段时间内失去方向感，使他能够轻松抓获目标。极度的炎热能够削弱"孤客"的力量。如果他与其他黑暗猎手待在一起的时间太久，他便会为此而发狂。

状态： 流浪中。"孤客"和他的暴走党朋友们正在万野岛上寻找生命面罩。如果他足够幸运，那么他会死在那里；如果他不那么走运，那他将再次落到我的手中。

"追踪者"的故事是复杂的，因为他对自己来历的解释总是不断变化着。昨天，他说是万毒蜘蛛将他变成了现在这个样子；今天，他又说是毒蛛魔后的突变飞轮将他变成了现在这个样子。不管他的来历如何，他对万毒蜘蛛却一直怀恨在心。而这种情绪正好可以为我利用。

就像他的名字所暗示的，"追踪者"和他的宠物公牛都很善于追踪并抓获目标。给他最淡的气味，或是给他一样曾被其主人碰过的物品，"追踪者"都能将这个可怜的生物找到，无论该生物如何躲藏。

或许"追踪者"最令人难忘的一次成功经历，便是将毒蛛魔后找到。那时毒蛛魔后被认为已经死在了美特吕。经过三位黑暗猎手的努力，才成功地制止了他，让他没能够杀掉毒蛛魔后。但最终毒蛛魔后还是被"说服"到了我的岛上，以便与我讨论一下她的未来。

能力：除了上述的能力外，"追踪者"拥有巨大的力量，他的宠物公牛能够利用它的牛角，将所触碰到的任何物质溶解。

状态：活动的。"追踪者"受雇去寻找一位马古他兄弟连的背叛成员。那个成员正在躲避他曾经的同盟者和黑暗猎手组织。

设计者：Austin Allen

暴君

在暴走党之前，这位黑暗猎手是唯一一个对我的真正挑战。在加入我的黑暗猎手组织以前，"暴君"是一个南方小岛上的残酷统治者。他的国民都对他怀有极大的恐惧，不过他们也应该这样——因为他平时最大的爱好便是发明更新、更残酷的刑。

在我们与战士的战争中，他同意与我们联合，但我认为暴君一直没有把自己看成是这个组织的成员。他一直在为破坏我的权威从而由自己控制黑暗猎手而奋斗。所以我给了他一个证明自己的机会，我让他和一个黑暗猎手巡逻小组去与力刚以及一队战士对抗。

当然，我忘记告诉他一件事：那些与他同行的黑暗猎手被授予了在战斗开始时弃他而去的命令。"暴君"被那些战士击得粉碎，并消失在了银海的波涛之中。在我看来，他在消失前肯定发誓要报复我和那些战士。可能有一天他会再度出现来完成他的誓言，但是我不会停下来等候他。

能力："暴君"拥有吸收热量的能力，并让他的体温达到十分危险的高度，从而使他的盔甲变成火红色。他能够发射出一股强大的热量流，并加热周围的空气，使自己飘浮在空中。他对极度寒冷和极度炎热有免疫力。

状态：未知的。在他消失在银海中后，就再也没有人见过他。也从没有一个人想念过他。

设计者：Eric Richter

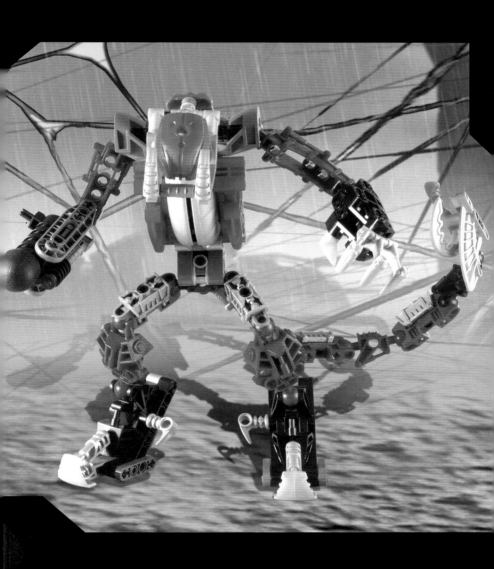

有一些黑暗猎手总是盲目地效忠于我，他们都很有效率，并一直受到雇用。只要他们能够获得利益并能够常常获得杀人的机会，他们便会忠诚地遵守我的命令。然而也有一些不同的黑暗猎手，就像"消失"一样。

"消失"很独立、强大，并拥有一种不服从命令的天性。要不是因为他如此有效率，他早就被处死了。但是他很难被抓到——毕竟他能够随意消失或出现。就像我对尼德希奇做的那样，我试图让"消失"和另外一个更忠诚的黑暗猎手组成一组。不知何故，那些黑暗猎手最终都在执行任务时"意外地"死亡。

最近，我开始怀疑"消失"很可能在为我工作的同时也为马古他兄弟连工作。我正在思考如何为我自己的利益而使用这一信息。

能力："消失"的力量可能来自他的武器，或是他自身——他从不告诉我们答案。他的长矛能够打开空间大门，使他在一眨眼间行进很长一段距离。在外人看来，他就像消失了一般。他还能够打开小型的空间大门来吸入向他发射过来的能量流。他能够储存那些能量流，并将其向着敌人发射出去。他不止一次利用对手的力量击败敌人。

状态：活动的。我将他派遣到了附近的马古他兄弟连战堡去收集资料。我同时派了一个间谍去监视他，而且还派了第三个黑暗猎手去监视他们两个。如果他背叛了我们，那么我会立即知道这一消息。

设计者：Johnathan Mastron

野兽

下流又恶毒——这是黑暗猎手尽人皆知的特点。从外表上看，"野兽"似乎一直都很沉着、冷静，而且很有效率。但是他内心深处却是一个随时都可能爆发的炸弹。如果他停留在好的一面，那么一切将会很好——不幸的是，他好的一面十分有限，而且几乎可以说是不存在的。要是他停留在坏的一面，那么他将会毁掉你的家、你的村落和你所在的大陆——一切只为图个高兴。

至于为何"野兽"成为暴走党的一员仍然是个谜，因为他总是无法忍受"火牛"、"毒蛇"和其他暴走党成员。"猎手"是他唯一能容忍的一员，而这只是因为他认为"猎手"的智商还不足以算计他。不过，他依然选择了野心而放弃了忠诚，所以他将为此付出代价。

他早已变成了一名背叛者。"野兽"的最后一个任务涉及三个长老和一个值钱的古老写字板。我得知他的任务很成功，但他一直没有将那个写字板上交。这意味着写字板肯定被藏在了某个地方。找到那块写字板对于我来说比处罚"野兽"更重要一些，所以我们可能还得磋商一下。

能力：野兽能够吸收接近他的人的力量，并将其储存起来，然后自己使用那些力量。他还拥有强大的视觉冲击力。他的鱼叉可以让他以极快的速度在水中推进，而他的电锯能够发射出水做的匕首。据传闻他还备有一个刹魔球发射器。

状态：流浪中。毫无疑问，他将为他的新队伍作出很大的贡献——除非他们激怒了他。

　　"毒蛇"是一个我很想解开的谜团……而且我会在慢慢施以他最大痛苦的情况下解开这个谜团。他自称为暴走党的首领，并象征着一种对我权威的挑战，我必须粉碎他。

　　"毒蛇"是我亲自招入黑暗猎手的。我第一次遇到他时，他正作为一个奴隶在固态能量原矿厂工作。我能够从他的双眼中看到仇恨，看到他对于荣誉和信任的蔑视。我立即就知道我能够将他塑造成一个可怕的黑暗猎手。我监视着他的训练、并教会了他如何撒谎、如何操纵、如何偷袭。随后我派他去领导一个为抓住并毁灭战士而献身的小队。

　　不幸的是，"毒蛇"变得野心勃勃。当他胆敢挑战我时，我用眼睛向他发出了一道破坏性的激光。但他没有死——反之，他的身体被分成了几亿个小碎片，每一片都带有他的一部分思想。他能够随意操控他的每一片身体，这使得他比先前更加强大。至于他的身体是否一直由这些微生物（protodite）构成，还是我的激光眼改变了他，我不知道。但是，我希望有一天能通过解剖他来了解其中的奥秘。

　　能力：除了能够控制他自己的身体形状之外，"毒蛇"能够分散成一朵云来躲避敌人的攻击。他能够飞行，还能够让他被毁坏的地方重生出来。他还拥有激光眼。"毒蛇"持有一把三刃剑和一个刹魔球发射器。

　　状态：流浪中。我的间谍报告说"毒蛇"正在和别的暴走党成员待在万野岛上。我会等着他离开那里的。

　　《乐高》杂志于2003年初举办了一个新的比赛——邀请读者们拼装属于他们自己的异兽，然后为异兽的模型拍张照片，接着把照片和他们写好的异兽简介一同寄到乐高公司，他们就有机会获得生化战士系列玩具和在生化战士漫画中看到自己的作品。

　　该竞赛回响热烈，超过五千份作品陆续寄来，其中不乏创造力惊人的作品。我们也十分欣慰地看到，粉丝如此踊跃地参与，于是我们要求出版社出版那些获胜作品和其他优秀作品的书。实际上，你已经看到一件优秀作品了——那就是本篇辑封上的托塔龙（Tahtorak）。在这本书里头，你将会看到更多。

　　感谢所有参与竞赛的粉丝和致力使生化战士世界更加精彩的人！

格雷格·法世奇&杰夫·詹姆斯

我是火之异者（Rahaga Norik）。我曾经受同伴之托，写一本生活在美特吕的异兽的粗略简介。正因为我要把这些内容刻在石头上以求不朽，该书中所出现的生物大多是在这个传奇之城里成群出现的。一场大地震破坏了档案馆，不少异兽因而能够在黑暗（译者注：应该是指地底世界）中游走。

异兽们已经发现，这个城市比起以前，更加危险。各种万毒蜘蛛——来自异域的蜘蛛状生物，已经入侵美特吕。它们捕猎各种生物，常以蛛网裹起异兽，然后用毒液使异兽变异。变异后的异兽更巨大、更可怕。

自从我们成为异者，我的同伴和我多年以来一起致力于从万毒蜘蛛的魔爪中拯救并保护濒危野生物种。这是一份既艰巨又危险的工作，但这对于世界的未来尤为重要。

若我们成功，那么看到这些文字的人，将会更好地了解到如何与这些异兽相处；若我们失败，这可能就是唯一记录这些异兽曾经出现过的文献资料。

什么是异兽？

　　"异兽"一词，是一个大体上可译为"野生"的马特兰语词汇。它包括了地上跑的、天上飞的及水里游的各种生物。各种异兽的体形、外貌和危险程度各不相同。有的异兽不太聪明，甚至只能靠本能过日子。而其他，如霜甲虫，则是惊人的聪明。任何一个想找到并且捕捉异兽的人都必须明白，不能对所有异兽同等对待。

　　许多异兽是好斗且老练的猎手。打个比方，你可能以为你在跟踪一头莫卡虎，实际上是它在跟踪着你。有的异兽为食物而捕猎，有一些则是为了保护自己的领地而发起攻击，还有少数物种认为世上每一种生物皆与它为敌。

　　要重视异兽的力量。你要明白，最小的异兽可能最危险，最大的却可能只是希望独自待着。如果你只是想避免袭击，运用最基本的能力即可——远离异兽的巢穴，不要试图以任何手段使其惊惶或受伤，最重要的是，清楚自己所处地区会有何种异兽出现。一个流浪者在冰村和在石村可能遇到的威胁是截然不同的。准备好再出发吧！

异兽简史

　　极少有人详细了解异兽的起源：它们第一次是在何处出现，又是为何出现。最早的异兽据称是一种巨型、古老的海生动物。这种动物多年前也曾光顾过美特吕的海域，它们也曾经被捕捉并陈列于档案馆以待研究。不久后，当此计划要被腰斩时，一名叫眉拿（Mavrah）的地村马特兰人把这些生物偷运出城市。后来经证实，他将它们带到了美特吕和"上面的岛"（译者注：此即马他吕岛）的隧道网相接处。它们在那里生活得也相对安宁。

　　可惜这安宁被美特吕战士的到来所破坏了。战士们正希望从水路出发，为马特兰人找个新家。由于眉拿误以为战士们来到这里是要伤害那些生物，故令该生物发起攻击。最后，这位马特兰人终于意识到了错误，但他也在战斗中被冲进了海里而丧命。至于这种生物后来怎样，不得而知。

　　美特吕城本来不打算容纳数目庞大的野兽。实际上，这座城市建立初期并没有异兽。随着时光流逝，越来越多的野生动物在城里出现。后来人们推测，它们是被万毒蜘蛛驱离家乡，经由天空、大海和废弃管道远道而来。

　　它们的到来出现了一个不小的问题——马特兰人对凶猛野兽的突击毫无准备。马特兰人先是创造了狂蝎人（Kralhi），后来是瓦奇军（Vahki）来保护城市及其居民的安全。与此同时，地村马特兰人开始建造档案馆以存放捕获的异兽。

一种适当的机制亦随之确立：所有被确认对人们有威胁的异兽，瓦奇军必须捉到每种至少一只以备研究。捕获的异兽被密封放置在档案馆的静态贮存管中，保存在地下层。

可这个机制也不是十全十美的——有的异兽能够从管子里逃出。当其他人在地下最底层工作或维修隧道时，这些地方迅速变得十分危险。甚至是瓦奇军去了也不一定能回来。这些地方，也由此成了野生地带。

当然，也不是所有异兽都被认为是危险的。有些异兽，如乌萨蟹，就被人们驯服并走进了马特兰人的日常生活。其他的则被认为是"无恶意"，最多也就是"有害"（译者注：指不具有攻击性）。似乎马特兰人和城里野生动物固有的敌对关系已经被打破。

这种状况不会持续下去。

异兽今朝

奇怪的双日日食降临美特吕，地震也接踵而至。这是传说中出现更多异兽的信号。数百个静态贮存管在地震中破碎、开启，管子里的异兽随之四散奔逃。各种掠食者和被掠食者纷纷离开档案馆，涌入地上那个巨大而又沦陷了的城市。饥饿的异兽受到万毒蜘蛛的惊吓和捕猎，它们让这个新的黑暗之城更加恐怖。

活跃地：地村

这种异兽本来生活在石村，但是随着村规模的扩张，它们被迫迁徙。其中大部分在档案馆安了家。自此，它们生活在开阔的博物馆的阴暗角落里，以食昆虫和微生物为生。

在所有的异兽中，藏馆鼹可能是合作性最强的一种。由于它们在掠食者面前毫无戒备，故合作是它们生存下去的唯一途径。它们懂得搭"鼹梯"到达高处和"鼹桥"越过地底的鸿沟深渊。

藏馆鼹与万毒蜘蛛打交道的方法是逃和藏。它们会挤进狭长的通道里以求躲避，毒蛛进不去，战斗自然变成对峙。直到毒蛛心灰意冷离开时，它们才会再次出来。不幸的是，毒蛛有时候会吐丝，把通道出入口都封起来，使藏馆鼹受困。异者邦蒙哥经常留心有没有东西被困在蛛网底下，因为蛛网常是藏馆鼹藏身的地方。

地之异者说："甚至是弱小的生物也会受到毒蛛威胁。我竭尽所能保护它们，但把它们轰出来可不是件简单的事。它们害怕……是有道理的。"

设计者：Matthew Nichols

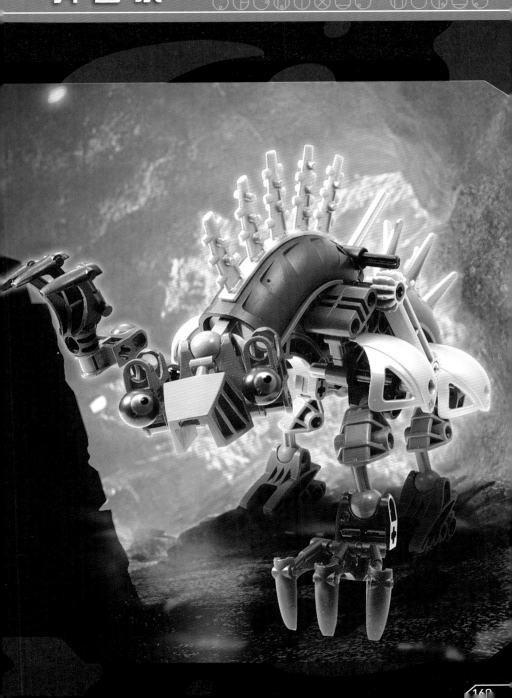

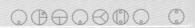
活跃地：林村

　　雅台喀牛是马特兰人所知的最为古老的物种之一，它在档案馆的记录就可以追溯到两千多年前。它或许就是卡奈拉牛守卫隧道这个传说的原型。有的传说称雅台喀牛本来是生活在美特吕的，直到马特兰人的出现。

　　就是接下来这个传说使得这种异兽的名字与雅台喀——充满传奇的马特兰人的避难所联系在一起。根据民间的故事传说，这种生物的智力远远高于马特兰人。也正因如此它们成为唯一一种被圣灵马他吕允许和马特兰人分享避难所的生物。

　　但更多的人认为，这仅仅是传说、神话而已。雅台喀牛的特征是它们的敏捷、强壮，以及它们是专业的跟踪者和对人隐约的一丝敌意。如果它们过去十分友好，现在则是截然不同了。

　　地之异者说："它聪明。你能捉到它证明你更聪明。而实际上，还有那么多头在美特吕四处流窜。这就是说，我仍然……不及它聪明。"

　　设计者：Bryan Chow

刃穴兽

这种异兽，是人们所知道的在档案馆里最强大的异兽之一。而多年以来，刃穴兽也已经成为对马特兰人的一个威胁。它们常常用强壮的爪子，挖出和马特兰人所挖的差不多的隧道。不少档案管理员误以为那些是档案馆的一部分，然后进去就再也出不来了。

刃穴兽猎食很大程度上是靠嗅觉，因为它们的视力并不是很好。当地下层食物不足的时候，甚至有人发现它们会冒险到地面上大肆破坏。瓦奇小分队过去就曾经花了九牛二虎之力才制伏了一头发飙了的刃穴兽。那只刃穴兽，常常用自己又长又结实的尾巴扫倒或驱散敌人。

幸运的是，刃穴兽似乎为数不多。万毒蜘蛛在巡逻时就曾经努力捕捉，但至今收获不多。

地之异者说："当我还在档案馆的时候，我曾经尽力将刃穴兽所挖隧道的地图绘制完整。这些隧道看起来并非都是随意开挖的，它们像是在建什么。但至于是建什么又为何而建，我就不太清楚了。"

设计者：Daniel Settle

活跃地：地村

　　纵横交错的人工管道、缆索和各式建筑物都是众多异兽的聚居地。那里的异兽多种多样，其中包括谜一般的索行兽。这种异兽生活在悬空穿行于林村四处的缆索之上，并在那里捕食攀爬的异兽及小型鸟类。

　　尽管它平时在马特兰人中会显得害羞，甚至会隐遁，但这种异兽也曾经是令人头痛的。由于它长期潜伏在林村上空，这种异兽很喜欢用利爪破坏缆索和其他重要建筑（译者注：这些建筑大多是交通运输用的）以求猎食。索行兽也拥有不错的夜视力，同时也喜好夜间猎食。这种异兽最令人感兴趣的能力是能放出能量破坏敌人的平衡能力，这常常能够使受到攻击的敌人晕头转向，自己则可以趁机逃走。

　　索行兽被证实会在马特兰人飞船的货舱里筑窝。这直到运送到档案馆的一群异兽在开舱时发现食物被吃光才发现。索行兽已经趁机干掉了那些弱小的生物。

　　风之异者说："它们难以被发现，难以被捕获。它们熟悉缆索，一眨眼就能在缆索上消失得无影无踪。尽管我是专门研究攀爬动物的，但是地之异者在捕获它们方面还是帮了个大忙。他以一己之力连续待上几个小时，引诱索行兽接近。突袭是捕获索行兽的唯一途径。"

活跃地：石村

因为它绝对野蛮，弹弓蝎几乎无人能敌。在它们所处雕塑园下巨洞的巢穴里，这些昆虫状生物很少出现。它们在活跃的时候，会将所到之处彻底变成废墟。相龙、石隼、隧道兽和石村马特兰人等等都知道——当这种动物出现时，一定能躲多远就躲多远。

乍一看去，弹弓蝎可能会被误认为是吕加伽。这是一个常见而又致命的错误，因为弹弓蝎的敌意和危险度远比吕加伽大得多。剃刀般的大螯、利齿以及一个长有棘和棱角的头，弹弓蝎的的确确是一种极为恐怖的生物。但是它只会出现在雕塑的顶端，而且还是在人们所说的石村。

这种蝎子最令人难以忽视的武器是它的"弹弓"螯针。在某些地方，这东西却没有被提及过。弹弓蝎能在其螯针处聚合出一个熔浆火球，然后把它迅速冷却成坚硬的固体石球。接着，蝎子猛然吸住石球，瞄准目标，最后把石球射到敌人身上。不幸的是，每只弹弓蝎都以几乎所有会动的东西为敌，除了克卡那罗。这使得弹弓蝎成为一种极具精神分裂性的地面观光客。

火之异者说："如果你在找一只弹弓蝎——我不能想象你为什么要这么干——但至少得去找克卡那罗。弹弓蝎吃固态能量原，而且它们更喜欢跟着克卡那罗兽群走，这样能够省力地觅食。它们吃克卡那罗用角掘出的任何东西。随着克卡那罗兽群的衰落，弹弓蝎也被迫离开石村觅食了。"

设计者： Cody Fullmer

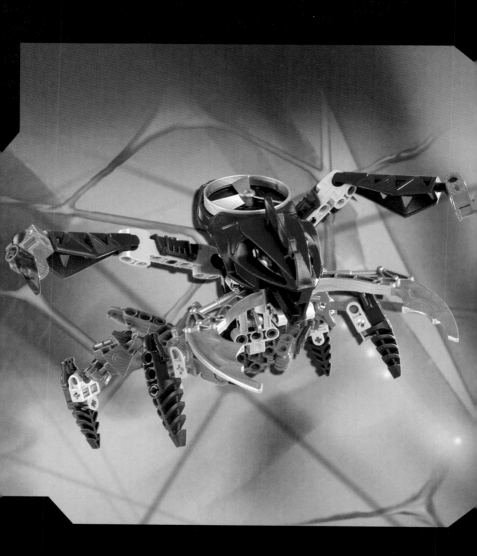

活跃地：全城

这是在美特吕城中最危险的异兽之一。所幸潜猎兽为数不多。它是一种杂食动物，造成这种状况的原因显然是它猎食的场所：人工管道。这种生物不仅可以在空气中自由呼吸，也能够呼吸液态能量原（它们不喜欢外出，甚至一定要待在管道里头）。

潜猎兽捕猎时会用手臂把自己裹住，固定在一个地方。接着就是等待物体、异兽甚至马特兰人高速冲向自己。潜猎兽抓到的东西大多都逃不了，除非有其他马特兰人或瓦奇军帮忙。潜猎兽往往在管道急转弯处或其他人一时间难以发现它们的地方等候猎物。

随着更多的管道被大天灾所毁，潜猎兽被迫寻找另一个猎食的地方。但离开管道使它们成为万毒蜘蛛的又一个目标。没有人知道这种生物的将来会怎样。

火之异者说："我已经参与分享对各种生物搜集的信息了。自从潜猎兽的捕猎方式被改变，它们变得迷惘和困惑。它们被饥饿折磨到拼死的地步只是时间问题，而拼死状态下的异兽往往会犯错。这就是没有异兽能够存活于万毒蜘蛛统治之下的其中一个原因。"

活跃地：竞技场

　　这些一般无害的生物在万毒蜘蛛的世界里扮演着尤为重要的角色。各种万毒蜘蛛都是依靠侨蜂的飞轮（Rhotuka Spinner）所放出的能量为生。所以每到一个新地方，万毒蜘蛛总会带上大群侨蜂，以供给庞大的蛛群。

　　若侨蜂不满它们受到的待遇，它们也不会显露出来。这或许纯粹是因为它们不太聪明，以致根本不明白自己是如何被利用着。也有可能是因为它们被万毒蜘蛛迫害得够久了，已经丧失了寻找出路的能力。

　　风之异者和邦蒙哥曾一同建议各位异者，释放在侨蜂圈里的美特吕螳螂，同时破坏圈栏放走侨蜂，借此可对阻止蛛群活动产生积极作用。挪力和嘉琪则拒绝实施计划，指出放出侨蜂可能会使它们被别的异兽赶尽杀绝。他们同时表明，以一个物种的消失达到阻止万毒蜘蛛活动的目的是舍本逐末。

　　火之异者说："会有另一条出路的。我就不相信打败毒蛛的唯一办法是干和毒蛛一样的事。侨蜂对此没有任何责任需要承担，它们本来就不应该因为战争而受苦。"

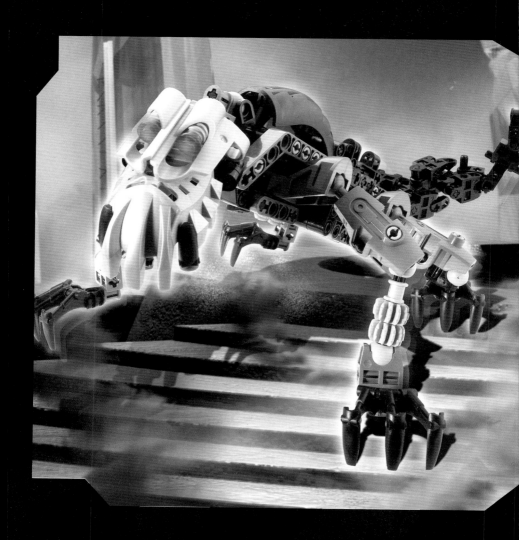

活跃地：美特吕冰村

在美特吕寒冷的水晶塔顶，能看见这些异兽在一个个冰屋顶上飞蹿。这种异兽的爪子能够抓住冷而滑的表面，一条又长又细的尾巴能够帮助它平衡身体。具有夜视能力——它们闪着红光的双眼是夜幕下的冰村所需的光源。

攀晶兽喜欢猎食冰蝠——一种在知识塔上筑巢的生物。假设冰蝠一直被认为是有害的生物，谁都会想到冰村马特兰人对攀晶兽的活动是十分欢迎的。但是有一次，这些异兽找到了一个它们看起来十分理想的捕猎区（译者注：应该是在一座知识塔里），而它们也几乎再没离开过。这使得整座知识塔在瓦奇军的努力下将攀晶兽清出时被迫临时关闭。但现在只有很少瓦奇军出来，这种充满野性的异兽已经把那座知识塔当成了它们的永久居所。

数只攀晶兽会组成小型、紧凑的队伍来反抗族群内其他人的入侵。冰村马特兰人于是认定——这是因为太多的攀晶兽在同一个地方会造成知识塔部分坍塌，故它们明白不能够大量聚在一个地方。

风之异者说："冰村不是攀爬的好去处。滑倒、坠下之后丧命，当然，如果没能爬上去的话。抓到攀晶兽的秘诀是接触到它们，因为它们最喜欢在知识塔高处。然后，一旦它们卡在塔上就可以了，但至少要保证它们不掉下去——它们会把地面弄得一团糟。"

设计者： Jonathan Mastron

真皮龟

活跃地：水村

真皮龟一般可以在水村的湖泊和运河里找到。这些驯良的动物喜欢在未经提纯的液态能量原里。它们的硬壳使它们不易受到攻击，而它们锋利的獠牙可以在防守中派上用场。它们被称做生物中的爱好和平者，因为它们只会在受到攻击时才进行反击。

这个物种是被一个叫马库的马特兰人在一次独木舟航行中首次发现的。自从那次，真皮龟数目开始飙升，甚至到了"有害"等级的临界点。杜马长老曾经一度考虑把它们逐出美特吕，不过最后马库和诺加玛的激情演说使得长老回心转意。

这种异兽还拥有一种不寻常的能力——预知天气变化。当这种异兽缩起来时，意味着很可能有一场大风暴在一两天之内降临。马特兰人有个词叫做"龟壳天"，这个词用来形容的，便是不容乐观的天气。

水之异者说："另外一个有意思的现象是，真皮龟有一种带节奏的叫声。在水村的某些地方，居民已经习惯——甚至喜欢上——在夜里聆听这些'歌声'。"

设计者： Jonathan Sheppard

活跃地：水村

　　这种多头大蛇是整个水村人极恨但又极怕的异兽之一。它在一艘商船从别的地方来到美特吕后首现城中。那船靠岸时，水村马特兰人惊讶地发现船上竟然一个人影都没有，而船舱也毫发无损。他们上船检查时并没有意识到，末日蝰已经从它在甲板上的藏身处大摇大摆地滑行到美特吕城中。

　　居民们迅速发现了这条巨蛇是何等的凶险。末日蝰呼出的气体是一种有毒的混合物质，足以杀死任何触碰到这种气体的生物（译者注：当然，除了它本身及其同类）。唯有瓦奇军——因为它们只是机器而不会中毒——有可能对抗这种生物。现在，命令执行处已经被某些东西所占据（译者注：即瓦奇军无法出动），所以末日蝰如今可以肆无忌惮地在城里游走。末日蝰也曾经被万毒蜘蛛捕获过，但即使是毒蛛的韧丝，在毒蛇的毒气面前还是变得软弱无比。

　　因为捕捉末日蝰是很难的，毒蛛就曾费神去遏制它们，常常将它们赶到密闭空间里，然后再以土石封洞。无论是过去还是现在，不少异兽在寻觅藏身处时会掘出这样的坟墓。万万没想到的是，末日蝰仍然活着！但是同样的事情不能经常说给所有的异兽拯救者听。

　　战士挪力说："有些事我不能袖手旁观，譬如这毒蛛的失败。捕捉末日蝰时，必须和它保持一定距离，走近的时候也要确保它已经没有知觉。邦蒙哥发现仍然有完好的静态贮藏管在档案馆里。因此，我会尽我所能把这些怪物弄进去保存，我希望保存到……永远。"

设计者：　Allen Proulx

幻影牛

若是不管它的体型和利角，幻影牛像是能轻易被莫卡虎或别的掠食者所猎食。但千万不要被骗了：它们是美特吕最难抓到的异兽之一。它的脱身技能已经使万毒蜘蛛屡屡受挫。

没有人知道幻影牛从何而来，或者它们为什么拥有这种神奇的能力。人们都清楚地知道，它具有类似能量飞盘的转移能力。当遇到危险时，幻影牛会突然消失，只留下一个迅速消失的残影。而之后，这幻影牛会在离危险很远的地方重现。这种异兽能够控制的距离上限究竟是多少、方向又如何，人们一概不知道。在过去，竟然有石村马特兰人在山体里发现物化了的幻影牛。

幻影牛是素食动物，生活在石村有少许植被的岩石地上。当莫布扎克进攻美特吕时，幻影牛以吃莫布扎克的藤叶而保住了一些地区的安宁。尽管幻影牛的数目貌似已经构成威胁，但马特兰人依然允许它们在这片土地上生存。对于一头随时消失得无影无踪的异兽，人们又能干些什么呢？

石之异者说："捕捉幻影牛是有要诀的——记住它们是群居动物：一个去哪儿，其余的也会跟着去。弄一个乱石流吓唬它们，然后留心第一头是在何时消失、又在何时重现。赶去那里，那么你就有可能当它们在那里出现时，抓到第三头或第四头——只要它们不是在你头上出现。"

设计者： Matthew Longua

活跃地：冰村

霜甲虫是一个什么都不像的典型例子。表面上，它们像是相当大又天生带有极强敌意的昆虫。但人们相信它们的举动是为了掩饰它们几乎与马特兰人同等的智慧，以及喜欢住在知识塔附近并不是巧合。

坚甲、强爪，霜甲虫已经不单单能够在掠食者面前做出防卫，甚至可以做更多的事。例如驱走小型异兽，并且在冰村占领更多土地。但恰恰相反，它们似乎在努力向知识塔里进发。更令人吃惊的是马特兰人竟然发现，霜甲虫会吃掉用来筑起新知识塔的水晶。

马多奥提出一个假设——这种生物可能已经吃掉我们的记忆晶体，并且莫名其妙地把晶体里的知识也顺带吸收了。知识于是在其种群中互相传播，因而使种群智力水平越来越高。尽管这个想法既疯狂又牵强，但却可以解释它们的行为。它们已经尝到知识的味道了——或许它们还想要更多。

火之异者说："根据努祖所说的，似乎让万毒蜘蛛把它们捉了更好。知识塔如今无人看守，没有人知道如果它们进去了，究竟会把里面弄成什么样。无论如何，可以确定的是——我感到它们已经够聪明了。"

设计者：Daniel Mueller

熔炉火蜥

活跃地：火村

这种生物居住在火村的多个熔铸厂的黑暗墙缝中，就连在那里工作的马特兰人也很少有机会见到这种过着隐居生活的生物。熔炉火蜥拥有修长而强壮的四肢，这足以让它跳出极远的距离，以及在开阔的平地上高速狂奔。它们的尖爪能帮助它们攀缘任何一种表面，甚至熔炉里灼热的墙壁也难不倒它们。熔炉火蜥能够进行短距离滑翔，它带刺的翼和灵活的长尾能为它提供精确的飞行控制。

火蜥的大小和一名战士直立时差不多，但它们喜欢弓着背活动——为了掩饰自己的体型和实力。尽管有着令人憎恶的外表，但这种生物却几乎没有敌意——除非有人故意挑逗它。当它们被惹怒时，它们会成队结群进攻，这能够轻易地以压倒性优势击倒大型敌人。一个在这样一场冲突中幸存的马特兰人形容它们是"上千根红热的利刃"。

回头看看，瓦克马现在明白了火蜥的行为为美特吕所发生过的事情提供了不少线索，其实只要留心就能发现。莫布扎克在城里第一次出现后很短的时间之内，火蜥就大量涌出大熔炉。后来发现，原来是大王根驻扎在了那里。由于大量熔炉已经很久没有运作过，火蜥们现在只能在熔融能量原管道上漫步。

战士挪力说："如果你想靠近这种异兽，甚至是捉一只，你需要忍耐并轻声慢步。熔炉火蜥从不孤独，它们一生都是生活在种群中的。捉了一只，别的成员可能会跟随你很长一段时间。因此你需要想清楚，你究竟要怎样，因为你可能只是为了一只火蜥而付出沉重的代价。"

设计者： Casey Kinsey

活跃地：全城

　　所有人见到过的门神都是相对较小的，大约一至四英尺高。若尝试去接近它，在碰到你看到的门神之前老早你就会受到在侧面攻击，但是门神似乎并没有碰到你。实际上，造成这个现象的原因是：门神的实际大小大概是你看到的两到三倍——它的实体在隐形时会映射出一个自己的缩小像，这可是个出乎人们意料的陷阱。

　　缩小像所做的动作都是隐形了的那个门神的映射。举个例子，缩小像突然动了一下，实际上是实体踢了一脚。当然，实体的那一脚更加远，也更有力。敌人常常把注意力集中在如何打倒他们看到的那个，殊不知真正的门神藏在了那个像的后面。门神是万毒蜘蛛的追随者，一般用来守卫重要但又不需要劳烦光冠蛛的地方。

　　如果门神的诡计未能被发现，即使是面临大敌，它也能以一敌百，而且迅速解决。魔兽战士诺加玛就曾经差点被这东西干掉。最后凭借水之异者的聪明才智才救回了她。

　　水之异者说："虽然这东西并非生活在海里，我还是很有资格评论一下它的。门神是邪恶而又懦弱的小人，用幻象藏身以求得肆意攻击，从不堂堂正正地打一番。本来万毒蜘蛛就已经把美特吕弄得够乌烟瘴气的了，这些小东西则把这里弄得更加乌烟瘴气。"

谷口鸟

活跃地：林村

谷口鸟喜好在错综缠绕的缆索上筑巢，这可又是一个城市里寻常的空中景观。这些优美、崇尚和平的生物更喜欢群居，以求得在飞行中互相借力，减少休息的时间。

谷口鸟是美丽的，拥有流线型的身躯和四只纤细的翅膀。它们喜欢成天在天空中翱翔、滑行，这也能使它更好地注意到周围的掠食者。谷口鸟十分灵活，但是，这也会吸引到爱速度发狂的相龙。

尽管表面上天性驯良，但后来证实，谷口鸟一度难以驯服。许多林村马特兰人尽其所能骑上谷口鸟，但总会发现，他们骑上没多久，就会被甩下鸟背。即使是马陶，在他还是个马特兰人的时候就不断尝试，却从来没有成功驾驭谷口鸟。后来他甚至声称，谷口鸟不可能被驯服。颇有讽刺意味的是，努祖成了第一个成功驾驭谷口鸟的人。

冰之异者说："你应该瞧瞧我们骑在鸟背上时努祖的样子！记住我说的，假若那几个战士成功地把马特兰人教会，并且带到了他们所说的那个岛屿（译者注：即马他吕岛），有谷口鸟陪着是件赏心悦目的事情。它们是平静的生物，但是如果有吕加伽威胁到它们的巢穴，你会看到，它们也是勇敢的战士！"

活跃地：全城

尽管它的名字会让人误以为它只在冰村出现，但实际上，它们出没于整个美特吕城。虽然它们在过去没有构成太大威胁，但在美特吕没落后，它们开始攻击较大的生物。它们的飞轮似乎拥有吸收地震能量的能力，所以它如今可以用飞轮使敌人剧烈震动，直至粉身碎骨。

雪兽远比万毒蜘蛛更值得担忧。它们的大量出现，已经使得城里的凯芬尼克和石老鼠不和。这导致双方争斗，而两败俱伤的结果使它们很容易遭到其他物种的捕杀。就如滚雪球一般，雪兽用飞轮能力四处攻击而导致城市的破坏已经越来越严重，它们业已开始担忧自己在地下造成的震动了。

威努瓦声称，如果要捕得雪兽，就必须掌握作战的主动权。这种说法基于两个理由：第一，如果控制不了它，美特吕一定还会蒙受损失；第二，可能被毒蛛异化了的雪兽在短时间内很难确切估计。

地之异者说："关键不是捉到它们，而是阻止它们继续破坏建筑物。雪兽不难找到，即使是在晚上，循着地面的震动就可以找到它们。"

光冠蛛

活跃地：全城

　　光冠蛛是万毒蜘蛛中最为强大、接近变态的一种。它们一般高六英尺，宽九至十二英尺，长十八英尺左右。作为露达姬和希多克的亲兵，它们守护着对蛛群至关重要的地方，如竞技场、蛛群猎场等等。

　　光冠蛛的游度空飞轮能使一个巨大的黑影罩住敌人，黑影还会随着目标移动而移动。即使目标在黑影中大难不死，他也不可能听到或看到任何东西（即使那东西就在跟前），而且他还会丧失与外界联系、沟通的能力。一个站在黑影之外的人看这情景，只会看到光冠蛛的敌人被黑暗所笼罩，甚至是淹没，却看不到里面的那个可怜虫。

　　光冠蛛还能够用它的飞轮在黑暗之域开出一道口子，使兹王蝎爬出来。也正因为只有光冠蛛能送兹王蝎回到黑暗之域，它是唯一能使毒蛛在兹王蝎嘴下幸免一死的东西。光冠蛛也能在进行大规模围攻时装上弹射器，用来发射各种东西（译者注：在2005年的剧情组玩具里，装在光冠蛛身上的弹射器被用来发射毒蛛，用于攻城）。

　　石之异者说："它们的颜色和体型各不相同，但是，它们有一个相同的特征：肮脏。毓宁一度建议，我们可以跟在兹王蝎后面的光冠蛛做目标吸引它，这样就可以既抓到它，又可以使毒蛛难以逃离兹王蝎。我们都拒绝了这个提议，因为兹王蝎会破坏一切它看到的东西。"

活跃地：石村

　　卡奈拉牛是美特吕里最庞大的素食动物之一。其体型和力量是这个物种能够长期存活下去的主要原因。尽管莫卡虎可能会把一头卡奈拉牛当做一顿诱人的大餐，但卡奈拉牛的利角会使任何人都望而生畏。

　　令人吃惊的是，卡奈拉牛并不是群居动物。它不像某些异兽需要其他同类来保护自己。另外，石村里不多的植被也难以支持庞大的兽群。卡奈拉牛喜欢独来独往，最多，也就是一两个同类一起活动。它们白天觅食，晚上就在洞穴中藏身。马特兰人有一个传说，说是有一头变异的卡奈拉牛守卫着一个隧道迷宫，不过大家都认为这纯属虚构。

　　在正常情况下，卡奈拉牛对马特兰人没有多大威胁。但无论如何，如果太快或者太过接近这种生物，大多都会被它送上一记重击。卡奈拉牛还有强烈的领地意识，一些吕加伽已经为它们入侵卡奈拉牛的领地而感到后悔。

　　石之异者说："如果一头卡奈拉牛要攻击你，别跑！就算你戴着速度面罩，你都不可能与它匹敌。静静地站好，双臂自然下垂，不要直视卡奈拉牛。只要它确认你对它不是一个威胁，它应该会在撞倒或踩扁你之前收手。如果这不奏效，你再抱怨也不会传到我的耳朵里。"

活跃地：火村

　　卡努希龙是一头千余年前在美特吕神秘消失的传奇生物。这头大异兽在档案馆留下的记录甚少，现有的资料都已经被公开、讨论和探究。无论怎样，可以肯定的是，这是传奇之城里出现过的最强大的异兽之一。它甚至可以独自同时对抗多名战士。

　　档案馆里有一段资料形容这种生物如"魔鬼"、"从火村炙热的熔炉爬出的巨虫"等等。卡努希龙都能飞，会盘旋而上，在火焰里、烟雾里、半空中，它就有如一条油腻腻的巨蛇滑过苍穹。炽热的渣滓和灰尘在它飞行的过程中被甩下，在地上留下一条象征着强大力量的痕迹。在战斗中，卡努希龙会使用它喷出的热气和利爪。最后，它会用那条长有两把火刃的鞭状尾巴吓倒并抓住对手。

　　这种异兽最引人注目的地方是它闪耀着光芒的皮肤，这皮肤覆盖在重重叠叠的、由奇坚能量原构成的鳞片之上。在它整套"盔甲"上，满布着能量面罩。一些研究人员认为那些是真的、有能量的面罩。也有人认为，那些所谓"面罩"只不过是面罩状的能量原，用来吸引战士，使他们走向死亡。

　　石之异者说："卡努希龙显然很久没有出现过了。我曾经问过瓦克马这玩意儿，瓦克马说，力刚战士和他的十个伙伴在很久之前合力把这东西赶走了。但是更多的人对此一无所知，因为力刚战士从未想过分享他的故事。对这场激烈的大战不作任何评价，说明一定是发生过的。"

设计者：Tyler Herbst

活跃地：水村

在水村的郊区周围，这种叫凯芬尼克的狼状生物四处游荡。它们数年前被赶出了石村，是水村的马特兰人收留了它们，并且让它们守卫不太重要的设施。但是，后来才被发现它们天性好斗，经常会攻击无辜平民，甚至是同类。而且，把它们赶出能量原实验室和学校通通都是徒劳的。随着马特兰人的离去，凯芬尼克统治了黑暗下的水村。

一头凯芬尼克的主要武器是它的爪子和牙齿。这家伙还是个攀爬好手——它常爬上建筑，躲藏在黑影里，然后纵身一跃，扑向过路人。不幸的是，万毒蜘蛛利用了它们的这个特性来对付它们。通常，一只毒蛛会被派去引诱凯芬尼克，其余的毒蛛就埋伏于四周。当凯芬尼克跳出时，毒蛛们的计划就成功了。

关于凯芬尼克还有一则奇怪的记录——它们的数量似乎有增无减。有一种说法就是，在水村的某个实验室里，有种什么物质以某种方式让碰到它的凯芬尼克复制出另一头凯芬尼克。这能够让它们免遭灭绝，却使得水村更为危险。

风之异者说："如果你试图夺取一只凯芬尼克的栖息地，运气好的话，你不会丢了双手。即使是万毒蜘蛛介入后，我们仍然要把它们围起来，并且观察其数量是如何增长的。否则，美特吕会更快被湮没。"

活跃地：不详

对我们这些异者来说，奇唐古是一个传说。据说，它来自一个强大的物种。但是这个物种已经被毒蛛邪帝希多克和他的毒蛛所灭绝，只剩下一头逃了出来。这剩下的一头选择了冬眠，直至有朝一日，需要它时才会在此出现。它的藏身之处从来就没有被找到过，不过，魔兽战士和异者已经在努力寻找。

奇唐古是一种不寻常的异兽。它的刀爪能够治愈所有被毒蛛毒害的生物。它的流星锤能够吸收所有射向它的能量流，并让这股能量通过全身，再聚到它的飞轮上，然后，它会用飞轮把能量流"送"回给敌人。奇唐古貌似只有一只"红眼"，其实它真正的双眼藏在这"红眼"的后面。这只"红眼"据说能够诱骗敌人，传说中，这只眼睛能分辨出它遇到的是正是邪。它只会为真正值得帮助的人治疗，因为减轻毒蛛所带来的伤害，需要花费它不少的能量。

奇唐古很容易被露达姬和希多克的飞轮所伤，大量的毒蛛毒素也会伤害到它。至于奇唐古会不会被找到？找到了又会不会帮助魔兽战士？不得而知。

石之异者说："挪力坚信奇唐古是存在的，毓宁则不然，这只因为那是一个传说。而我呢？只要有机会治愈魔兽战士，我就会尽力去找它。之后就要完成我们来到美特吕的首要目的了。"

活跃地：石村

克卡那罗是一种大量群居于石村峡谷中的异兽。它们用自己强壮的巨角搅动坚固的石头地，这能在雕刻工们劳动时撞出一些能量原。值得肯定的是，石村的马特兰人可以利用这些异兽找到的碎片，但这不能弥补它们活动时对村庄的蹂躏。

尽管长期以来，它们从来没有被当做哑巴，但美特吕战士诺加玛发现，它们所具有的智慧超乎人们的想象。她在战士和瓦奇军作战时，十分信任它们，它们也没有违背这些战士的意愿。克卡那罗能够用多种方法解决同一个敌人。它直接把身体压在敌人上再平常不过，而它一般是在高处跳下，重重砸在敌人头上。如果够力气，它们会大声咆哮，这股咆哮的力量足以把敌人吹飞，此时，那敌人就像马陶弄出的旋风中的沙尘。

有的克卡那罗仍然活跃在石村的北部平原，但它们的数量在不断减少，这自然是因为万毒蜘蛛在美特吕对它们不断地进行迫害。太过自大而不藏身，克卡那罗也努力挑战毒蛛的迎面攻击，但更多的是失败，还是失败。如果万毒蜘蛛还不收手，这里可能就不会再有这么令人发狂的异兽了。

石之异者说："能做的都做了。我真希望有诺加玛以前的面罩，这样我就能和野兽们聊天了……虽然不知道它们能否明白。克卡那罗坚决要为自己应得的利益而战，但是毒蛛实在是太多了。再过两个月，最多三个月，著名的克卡那罗狂奔将会成为历史的一部分。"

活跃地：全城

这东西一般能在运输中心附近找到，而在冰村和火村的交界处也曾被发现。虽然这东西乍看像只昆虫，实际上，它是大型啮齿类动物的一个独特、邪恶的品种。

作为地村石老鼠的远亲，这异兽似乎是一个为制造更好的消化系统的实验成果。不幸的是，凶残的野兽总是饥饿的，它会吞食任何出现在眼前的东西。金老虎一般是成群涌上，并且在数秒内啃光一座建筑。

一个很不寻常的地方是，金老虎能够携带飞盘，并且用飞盘射击敌人。这种异兽在投射力度和射程上并不出色，但它会以精准度弥补。它携带的飞盘已被发现并不是一成不变的，不过它最常用的飞盘是带有削弱敌人能力的飞盘。

地之异者说："丑陋的面孔！这世上有什么会比一看窗外，遍地都是啾啾作响、贪婪的金老虎更糟糕？我实话告诉你——如果真的碰上它们包围你的家，那么，死都不要出来！"

活跃地：不详

庞大的地村档案馆收藏了许多稀奇古怪的生物，但很少有像奎瓦那么怪异的。在美特吕，只有一只奎瓦被发现过。这唯一的一只在大天灾之前是被关在档案馆最安全的一区的。众多研究员都着迷于研究它身上的种种神奇之处，却从未能破解它们。

一眼望去，它好像不是特别可怕或危险。一个蹲坐的身躯、一条长长的脖子，奎瓦走起路缓慢、笨拙，看上去也挺滑稽的。这种异兽还有一双发光的眼睛，在紧急情况下，这双眼睛会从蓝色变成红色。

奎瓦的基本抵抗能力似乎是把敌人发出的能量吸收，并且把能量转化为物理生长。它受到的攻击越多，它就变得越强大。它的生长究竟有没有上限？没人知道。奎瓦是档案馆里一头难搞的俘虏，它常常逃出，并对各种设施大肆破坏。

石之异者说："那头奎瓦正在城里大肆破坏着呢，可就是没有人知道它在哪里。或许毒蛛已经找到它了，尽管它可能已经被捉住了，但是我打赌毒蛛没有能力管住它。为了找到不攻击却又能抓到它的方法，我已经数夜未眠了，所以我也不急着碰上这种生物。"

活跃地：档案馆维修隧道

卡瑞卡是一只聪明的、形象多变的异兽，它已经把家安在档案馆下面的维修隧道多年了。它拥有一种独特的能力——把自己变成任何它见过的生物或是生物结合体。它变形后，能获得被模仿者的所有能力、声音甚至智慧。卡瑞卡会说话，也能听明白别人说的话。此类技能，使它善于制定策略，并且往往都很成功。只有异者才能一眼揭穿它的假面目。

美特吕战士在档案馆调查一场可能会发生的大洪水时，第一次遇到了它。卡瑞卡几乎是成功击败了它们，只是在准备同时运用六个战士的力量攻击时崩溃了。后来，它一度帮助战士对付万毒蜘蛛。据目击，它最后和托塔龙、兹王蝎一起，消失在了黑暗之域。

尽管卡瑞卡认为自己是没有同类的，石之异者向它展示了一个画面：在另一片土地上，还有许多的卡瑞卡。它的同类据称已经全为毒蛛所捕，或许它的那些同类已不复存在了。

石之异者说："一些异兽很野蛮，一些很友善；一些是仁慈的，还有一些是你越靠近它，它就离魔鬼越近——卡瑞卡通通都是，或许实际还要严重。诱捕它毫无办法，因为你根本不知道它接下来会以何种形态出现或会干什么。因此，当心——你碰到的下一头异兽可能就是它。"

（译者注：插图上的卡瑞卡，是它同时模仿六位美特吕战士时的样子。）

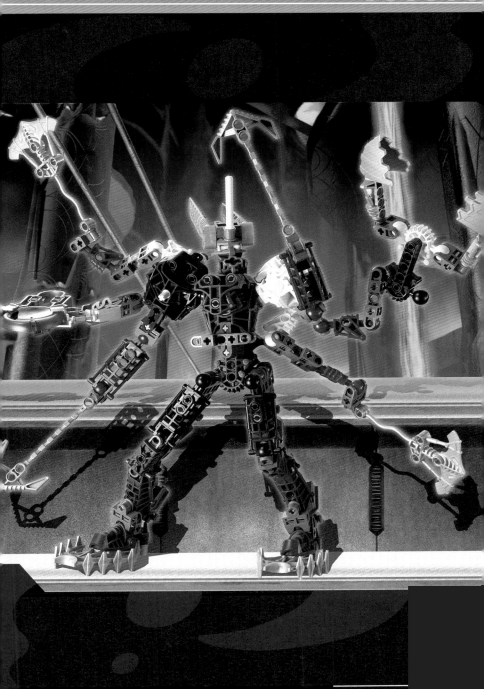

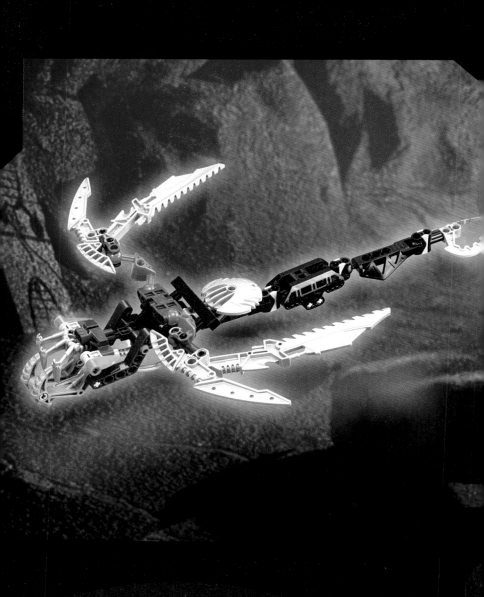

活跃地：全城

　　这种生物最初由地村的矿工于多年前发现。现在，它们已经遍布全城。这种巨大、长着翅膀的生物的大嘴里长满了针状的牙齿。它们带鳞片的皮肤经常是黏滑的，令人厌恶。它们庞大，但它们可憎的外表压根儿比不上它们好斗、野蛮的行为。

　　由于生活在黑暗当中，洛拉克已经确定成为档案管理员和地村维修工人的一大难题。虽然在美特吕每个地方，都有马特兰人可以向你讲述遇到洛拉克的可怕经历，但远不能和地村的情况相比。人们通常会警告那些游手好闲、四处溜达的人要谨防洛拉克的攻击，因为它们随时会出现在你左右。曾经有一段时期，杜马长老甚至宣布这种生物为受保护物种，目的是停止滥采滥挖活动，以防掘出更多可怕的怪物。

　　洛拉克似乎也成了毒蛛的"宠物计划"中的一部分。美特吕战士在他们回到美特吕不久后便遇上了一个洛拉克的变异品种，战士们也差点丧命。有可能毒蛛的计划是异化并奴化这些异兽，准备利用它们在未来征服别的地方。

　　火之异者说："它们一般是成群进攻的，它们喜欢以简单的人海战术干掉猎物。变异洛拉克的体型至少也会有普通的三至五倍，仅仅一只就能轻松制造出一个死亡地带。对付它们最佳的方式，除了跑和藏外，是找办法阻止它们起飞，让它们贴着地面。"

马拿兹

活跃地：不详

马拿兹的由来和行迹同样神秘、怪异，并且是一种强大的蟹状生物。该物种的唯一资料来自美特吕战士，他们在美特吕航行至新岛时发现了两只。它们的名字"马拿兹"在马特兰语里意为"怪物"，这个名字的确定应该归功于它们的体型、外貌和野蛮习惯。

威努瓦曾提出，马拿兹可能和乌萨蟹在某个方面有所联系，而马陶嗤笑他这个疯狂的想法。奥奈瓦的想法则是马拿兹是美特吕的史前动物，但不知何故来到了现在。努祖则表明自己不关心它们从何而来，只关心它们未来会干些什么。

大家都同意的是，马拿兹明显很强壮，并且怀疑是否有战士或别的物种能独自击倒它。上天保佑，迄今只看到有两只，幸运的话，没有人会再见到它们。

水之异者说："我从来没有见过马拿兹，但对此我感到十分愉快。听诺加玛说，它们绝对是凶猛、残暴的野兽。想想，如果它们臣服于那些真正的魔头，会对世界造成何等破坏！"

活跃地：全城

虽然它挺大的——平均六至八英尺高——但这种昆虫状的生物却不因它的可怕面目而生活得快乐。这种螳螂事实上在六个村庄都能找到。它们一般待在郊区，只有在觅食的时候，才会闯进居民区。

美特吕螳螂是一种夜行捕猎者，它们最喜欢猎食吕拉玛、吕加伽或其他昆虫类的生物。同时，除了被挑衅的情况，它们是能够被驯服的。地村马特兰人就曾经把它们放在矿井和隧道里，用于清除飞火虫和其他在那里生活的昆虫。自从几个月之前万毒蜘蛛来到这里，螳螂就发现毒蛛的味道和其他蜘蛛状生物一样美味。这促使希多克派遣两只光冠蛛捕捉全城的螳螂。

没人知道这些螳螂会不会攻击马特兰人，尽管它们在遇到威胁时会出于自卫而反击。刹那间，它就能抓住在它两条前腿间的猎物，并用颚迅速噬咬（螳螂能分泌出一种类似镇静剂的毒液）。用于在战斗中迅速摆平敌人。

火之异者说："你可以称这种异兽为'我们敌人的敌人'。众所周知，毒蛛恨它们。邦蒙哥和我已经成功捕获它们并将它们全部安全地保存在档案馆里，我们希望在适当的时机让它们作为突击队对抗蛛群。"

设计者：Eric Richter

活跃地：冰村

莫卡虎是强大的虎状生物。作为夜行捕猎者，它们白天一般在档案馆还没有被利用的区域休息，然后在夜幕下的冰村游走。在知识塔工作得够久的学者们一般都听到过，莫卡虎的咆哮回荡在村子里。

莫卡虎是种独行捕猎者，并且行动很快，几乎能放倒其他所有种类的异兽。莫卡虎尤其喜欢拉希，因为莫卡虎和拉希之间有一种微妙的关系。一头孤独的莫卡虎在几天之内，甚至能在地下干掉成堆的拉希。莫卡虎好像不太喜欢马特兰人的味道，但是它凶残和不可预测的脾气使它对周围的任何人都造成绝对威胁。

猎食时，莫卡虎一般依靠的是它们的爪子。将爪子用于猎食时，它会用爪子把那可怜虫推倒在地，然后用牙齿结束猎物的生命。最后，它会在最近的窝里享受美食。

石之异者说："捕猎莫卡虎？算了吧。你可能一直以为是你跟踪着它，实际上是它跟踪着你——这已经是不幸中的大幸了！如果你真的要抓一只，尝试用根拉希杖，或其他带有诱饵气味的物品。如果有一头跟着你，就让这家伙活动活动吧——跑、跳、攀登等。莫卡虎疲劳过后，可能会觉得你根本不值得捕猎，这样再捕猎它就容易多了。"

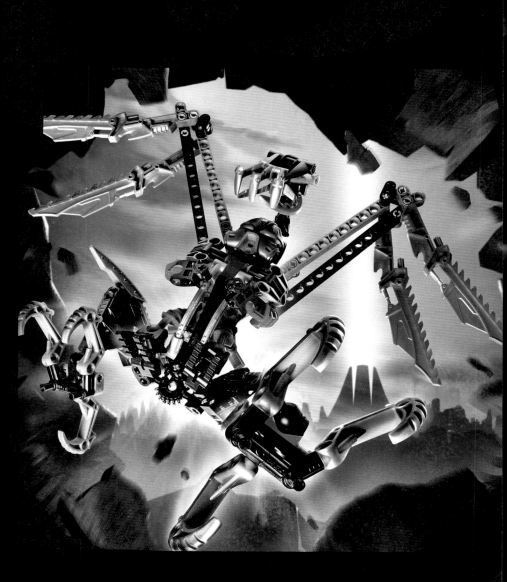

活跃地：全城

很少有天上飞的异兽像"尼瓦克"这样著名，甚至是被清楚地了解。大家都相信"尼瓦克"只不过是那唯一见过的一只的名字，而非它整个物种的名称。那只尼瓦克是在大天灾发生十八个月前出现在美特吕的，也就大概是马古他开始假扮杜马长老的时候。尼瓦克是马古他的宠物兼间谍，它会在空中观察城里的一切，然后汇报给它主人听。

尼瓦克是种很强大的鸟，像只大鹰、雕或隼。它运送一个马特兰人毫不费劲，偶尔会带着"杜马长老"到处去。如果受到攻击，尼瓦克会运用它的喙和爪子进行自卫。

在马古他露出他的真身时，他就用一只黑影巨爪抓住尼瓦克，并把它和自己结合在一起。随后，马古他的背上出现了尼瓦克的双翼。这种异兽是否已经灭绝，或者还有同类生存着，都还是个谜。

冰之异者说："我不曾想过要讨论这个，不，不。唯一令我对这鬼东西感到惊奇的是它竟有胆量去猎食活体，而多于吃腐肉。如果还有这东西在城里，呃……虽然我觉得这样说不太好，但我还是得说——我不认为我会尽力把它从毒蛛那里救回来。"

吕加伽

活跃地：石村

吕加伽栖息在石村雕塑园附近的贫瘠荒地里。这些蝎状生物以脾气暴躁而出名，它们会快速地击退入侵者，或是同类。

吕加伽一般成群去猎食，这能掩饰它们行动不太迅速的弱点。一头吕加伽会驱使猎物往前走，一般会把猎物赶到峡谷里，那里则已经有所埋伏。一旦目标被包围，吕加伽会互相转告。它们的喊叫声和玻璃的爆裂声不相上下。

被吕加伽的螯针刺到是很痛的，甚至能够置人于死地。在美特吕的一些地方，吕加伽的螯针被认为颇有价值，因此已经有石村的马特兰人开始捕猎它们。但是，很少有人能够回来。

火之异者说："你在尝试捕猎一只吕加伽时，只会有一个优势，那就是它们有点笨。一个有效的方法是在路上竖一块水晶。吕加伽会在那里面看到它自己的影子和所作所为。它会想那是一只同类。如果它打得够狠，它的螯针会牢牢插在石头里。接下来，干什么就都容易多了。"

活跃地：林村

刺耳的蜂鸣充斥着天空，飒飒作响的双翼，从日光里飞出的黑影……这都是吕拉玛进攻的警告标志。这种飞虫是最早在美特吕被记录为"威胁"的异兽之一。数世纪以来，瓦奇军都奉命尽力把它们全部赶出林村。

吕拉玛以液态能量原为食。马特兰人相信，它们是被里面的杂质所吸引。由于直接在大海进食会使得吕拉玛自己受到海洋生物伤害，所以它更喜欢在人工管道进食。它们用螯针刺破管道的磁力场，然后让能量原流出。如果它们在同一个地点进食得够久，这一段的管道也将会崩溃。

吕拉玛的螯针不仅用于进食，还用于进攻。如果它们的巢被捣毁，它们将会很危险。吕拉玛强壮的翅膀足以把一名战士甩上天。而吕拉玛的天敌是谷口鸟。

冰之异者说："噢，我这……肮脏的东西。有一只吕拉玛是很难处理的——如果惹了它，你留在世上的日子也就不长了。保住小命的最佳方法是直接跑进屋里。如果没有条件办到，就朝冰村跑吧！严寒可以使吕拉玛减速，并且让你有机可逃。至于捉它们，该干的万毒蜘蛛都帮你准备好了：蛛丝、罗网等等都可以缠住它们。"

相龙

活跃地：林村

常在林村的人工管道和缆索中穿行飞驰，谜一般的相龙是美特吕城里最不寻常的异兽之一。这异兽甚于战士，光看一眼也能吓倒人。利爪从又长又壮的前臂上长出，闪烁着白光的利齿也从相龙的嘴里伸出。人们经常能够看见，火焰从它的喉咙里喷出。夜幕降临后，多刺的翅膀帮助它飞越天空。

尽管有着吓人的外表，但相龙却有着令人吃惊的温驯秉性。它喜欢速度，被认为喜欢与车辆和飞行异兽比速度。相龙常常能在马特兰人的飞船旁边被找到。

相龙也很喜欢在林村的车辆测试处和车辆赛跑。在这里，它常常展示出强大的变相技能。就在这异兽以高速冲向一块坚硬的表面时，它会变化——或者说是"变相"——成为鬼魂形态。这种形态使相龙可以毫发无损地穿过固体物质。穿过障碍之后，它们会变回实体形式，然后继续狂奔！

火之异者说："在林村的天空满布飞船、街道上车辆川流不息的时候，相龙不会对任何人造成真正的威胁。如今城市已经开始湮灭，这异兽变得令人讨厌，而且它们总会跟着任何动的东西跑。它们甚至会攻击某些东西使得那东西动起来。它们也常常高估自己的能力而导致遍体鳞伤。"

设计者：David Daut

活跃地：水村

这种两栖动物栖息在水村附近的海域里。因为优美而又强大，它们受到马特兰人的尊敬。它们巨大的鳍能让它们在水里高速前进。而在空中，它也可以较慢地飞翔。至于猎物——通常是小型的海生动物，它用尾巴上的爪子猎取。

虽然海洋里是液态能量原，但这不是这种生物名字的由来。这名字其实是源于它喜欢在火村的熔融能量原大缸中洗澡的习惯。不止一名火村马特兰人被这景象吓呆过：缸里炽热的液体剧烈翻腾，几秒之后，一只原蟒蹦了出来。地村马特兰人相信，这种生物在水下惹上了某些寄生虫，因此想用灼热的液体把它们给烤化掉。

原蟒可以很可怕，但似乎它们不会和战士以及马特兰人为敌。仅有一次，原蟒攻击了水村，但进攻的那头原蟒后来被证实，它是因伤口疼到发疯。正因为它们平时很喜欢吃鲨鱼，所以它们很受水村马特兰人的欢迎。

水之异者说："水村马特兰人一定是很友善的。如果我看到那么大的东西直冲过来，爪子看上去像是准备好抓东西时，我肯定根本不知道它是在展开双臂迎接我呢。很不幸，万毒蜘蛛是不懂得'友善'的——它们只会想让所有的生物都掉进它们的网里——因此我会尽力解救所有原蟒，让它们能够渡过这

活跃地：水村

魁伟的生物剃刀鲸栖息在水村周边海域，以其他海产为食。尽管它们的外表令人生畏，它们天生却没有什么敌意。它们的脊背上长着不可思议的利刺，这足以吓跑大部分的掠食者，尽管马特兰人的船总能安然经过它们身边行驶。它们很少会打起来，据了解是因为剃刀鲸喜欢在祥和的环境中生活。

有意思的是，这些异兽在它们生命里的固定某一时刻，脊背上的刺肯定会掉光。这可能和它们的年龄或别的因素有关，但具体原因却无人知晓。而一旦骨刺没了，这些生物似乎就能更容易被驯服，有的马特兰人如马库，甚至能骑上它们。

诺加玛为了保护该物种，已经艰难地和捕捉它们的闪凌蛛作战很久了，但终归还是失败了。因以前从未曾有过敌人，所以剃刀鲸不懂得藏或逃。魔兽战士一直在尽力，虽然每只剃刀鲸被捉对他们都是个打击。

水之异者说："有时候，最大的生物却对别人威胁最小。在剃刀鲸这个例子里，温顺的剃刀鲸正在和蛛群进行斗争。如果它们还未学会如何作战，它们的下场将会是灭绝——或更坏——被毒蛛所玩弄。"

设计者：Lawrence Vanderbush

活跃地：石村

　　石隼能在石村雕塑园周围找到，它们是这个城市里主要的掠食者之一。虽然对马特兰人的威胁不大，这种异兽是拥有捕食比自己大几倍的猎物这种离奇能力的狡猾猎人。

　　它们用一种独特的方式捕猎大型动物，如克卡罗那。一只石隼先会用它天生的工具在石村的山上挖洞做休息的地方。然后用同样的工具在斜坡上打出大量石块同时砸向克卡罗那或卡奈拉牛身上。接下来，石隼要捕食它们就容易多了。

　　越来越多的石隼参加到对抗夺魂蛛的战斗中。很不幸，当石隼开始参与战斗，数量也开始直线下降。更糟糕的是，石隼的领地意识很强并且好斗，因而不允许异者去帮助，甚至是靠近它们。但这却是在对抗毒蛛的战斗中，唯一能够保住它们的方法。

　　地之异者说："宝思试过了，毓宁试过了，甚至夸乐也试过了，尽管夸乐不太喜欢飞不起来的动物。如今轮到我了，如果我也失败了，以后或许就不会再有石隼可以捉了。"

海蛛

活跃地：水村

海蛛是一种两栖动物，在万毒蜘蛛到来之后，在水村附近海域首次出现。据异者所知，海蛛是万毒蜘蛛的天敌，并且一般是大批地跟着蛛群到处去。它们大部分时间都待在水里，在那里，除了闪凌蛛之外其他品种的毒蛛都抓不到它们。

海蛛以一般先以奇袭攻击猎物，然后用前肢往猎物体内注射毒液。这种毒液可以令目标的身体收缩到一个较为容易处理的大小。接下来，它会用飞轮把猎物扔进储藏管里，直至在海蛛要进食的时候。

不像万毒蜘蛛，海蛛不会成群打猎。事实上，似乎这个物种内的每个个体都憎恨对方。过去，万毒蜘蛛的生活就曾在两只海蛛企图争夺猎物免遭威胁。海蛛没有巢、群体或者任何形式的组织领导者，它们也不懂得合作，就算是到了生死关头。这使它们成功对抗万毒蜘蛛的概率大打折扣。

水之异者说："海蛛是唯一一种我没想过要捉的异兽。原因是，它们对毒蛛是个威胁。如果我确实要打败一只，我不会麻烦到我的飞轮。我只会引诱另一只海蛛来到同一个地方，让它们开战，这样我就能坐收渔翁之利了。我见到过海蛛唯一不敢碰的东西是陈列在档案馆里的布洛卡拿。我实在不明白，一块小小的卡拿怎么会吓倒一头异兽。"

活跃地：林村

　　在万毒蜘蛛出现之前很久，游银蛛就已经存在了，它甚至是美特吕最贪婪的掠食者之一。这种异兽一般成群出现在交通用人工管道附近找猎物。强大得难以置信以致近乎看不见，游银蛛在林村缆索间织起的蛛网对马特兰工人造成了严重的威胁。

　　游银蛛最喜爱猎食的是飞行生物，特别是谷口鸟。鸟类飞行时会撞上网，然后蛛网上的毒液就会迅速麻痹猎物。除非有路过的马特兰人发现，并在游银蛛赶到前能解救出那可怜虫，否则幸存是不可能的。

　　水村的马特兰研究员花了不少时间来研究游银蛛的网，希望知道这又轻又单薄的东西为什么那么厉害。如果能解开这个秘密，马特兰人将有可能制造出比现有的线更加细、比固态能量原强度更大的绳索和缆索。倒霉的是，马古他的举动使得研究不了了之了。

　　火之异者说："美特吕所有的异兽似乎只有游银蛛能够逃过万毒蜘蛛的捕猎。这可能是因为这两种生物间有亲缘关系吧。我看过毒蛛横扫整个美特吕，抓走了所有它们见到的生物，但唯独好像没有看到这种蜘蛛状生物的存在。这个情况还得持续多久？天知道。"

设计者：Daniel Emmons

石棘猿

活跃地：石村

在石村的荒野深处，一般能发现若干群石棘猿躲在高耸的雕像中间。这种异兽灰褐色的皮斑驳交错，有助于它们藏在石头之间。而它们强壮的手臂和腿脚使它们能够迅速地攀越上垂直的表面。坚硬锋利的攀山爪帮助石棘猿安全地横越光滑的表面，而它们的刀尖尾能够协助它们保持平衡或协助攀爬。

这种异兽的敌意不是特别强，但当它们的领域遭到侵袭的时候，它们会变得十分可怕。当受到惊吓时，这种野兽会把自己蜷缩成一个球来防御，用它的尖利前爪、刀尖尾和浑身长满的"钉子"使敌人望而生畏，直至被逼向死角，走投无路。这种异兽嘴里发出的嗞嗞声是它要发动攻击的警告，石村马特兰人在听到这声音时也总会乖乖地、慢慢地往回走。

石棘猿和石隼有一种莫名的共生关系。虽然两者一般不会在同一个地方同时出现，石棘猿常常利用石隼在峡谷上弄出的废弃洞穴和隧道。另外，石隼似乎接纳这种行为，这应该是由于石棘猿拥有可观的防御技巧。一个由石棘猿守着的洞穴是一个绝对安全的地方。

风之异者说："石村马特兰人非常幸运，因为这些猴子不会贸然发起攻击。这种生物强大的力量，足以轻易举起比它重十倍的东西。这仅仅是力量，加上利爪、刀尖尾和棘刺盔甲，就强大到难以用语言形容了。难怪这些异兽的威胁程度可以和万毒蜘蛛相提并论。"

设计者：Jordan Steelouist

活跃地：地下隧道

这是美特吕出现过的最大的陆地生物，托塔龙足足有四十英尺高并且能轻易摧毁整个城市。更加令人抓狂的是，它显然是一种聪明的动物，能够和马特兰人对话，还能参与讨论。就它是如何学会说话这个问题，也没有时间去找答案，因为托塔龙总在不断摧毁它周围的建筑。

档案馆对它少量的记录表明它可能曾经是生活在另一片土地上的，并且是群居生物。而它不知何故出现在了档案馆的维修隧道下，在尚未探索的区域里，也就是美特吕战士和卡瑞卡斗智斗勇的地方。它后来帮助战士对付兹王蝎，并且在战斗进入高潮时，与敌人一同消失在黑暗之域。遇到过托塔龙的人都相信它不知道自己是如何来到美特吕的，而且它也在不顾一切地寻求回到家乡的方法。

托塔龙依赖它的蛮力。它的厚皮能够保护它免受各种打击，虽然后来被证实，还是很容易受到兹王蝎螫针的伤害。它尾巴一扫，足以扫平整个街区。空闲时，它喜欢截下并抛弃一段段人工管道，然后看看能扔多远当做消遣。即使是对于它的盟友，托塔龙也是极其危险的。更多的"帮助"甚至会使最后没有城市可以被挽救了。

石之异者说："自从我骑着它从火村回到林村，我会以一个独特的角度评论这种异兽。它的每一步都震撼着整个城市。幸运地，我从来就没有想过要抓到它。我能说的只是，我希望它能够回到它的家乡，这是出于对它，也是对美特吕的好心。"

设计者：Justin Lamb

活跃地：水村

这种蜥蜴状两栖动物平时在水村周围的浅水区神出鬼没，虽然在其他美特吕海岸也被发现过。作为长期以来对马特兰人航行的威胁，塔拉卡瓦在大天灾之后更为危险，因为它们在水底的窝被弄得一塌糊涂。

塔拉卡瓦一般是成双成对地进行捕猎。它们喜欢的方式是在水底潜伏直至猎物靠近，然后冲出水面，用强壮的前肢打昏猎物。塔拉卡瓦能在水底待上很久，而且其力量足以打翻一艘海上巨轮。它们会攻击马特兰人，但更喜欢猎食大型异兽，尤其是那些到海边喝水的各种海鸟。

一个聪明的舵手在遇上塔拉卡瓦时会把船开往深水区。大海里有着许多像塔其鲨这样以塔拉卡瓦为食的捕食者，所以除非塔拉卡瓦被惹火了或饿得发昏，是不会轻易跟着去的。

水之异者说："对于塔拉卡瓦，第一件要记住的是——即使你看不到，它总是会在的。如果你准备好了它们会突然冒出，你必须不惧怕它们的武器：恐吓。一头塔拉卡瓦在出水、喘气以及来击中目标时最容易被打到，那就是用飞轮打它的时候了。"

活跃地：林村

　　一般能在水村海滨以及林村大街上的大拉车上找到，驯良的乌萨蟹是美特吕最友善的异兽之一。没有人确切知道乌萨蟹是什么时候首次出现在这个大城市里的，但没有人能否认，它们对这个大城市是非常重要的。

　　乌萨蟹看来像马特兰人集团那样诚恳，并且人们已经把它们轻易训练成运输工具。秉性驯良和数目巨大使得乌萨蟹成为马特兰人社会中举足轻重的一分子。它们一般用于运货、骑乘或协助马特兰人施工以及做后援。地村马特兰人看起来特别宠爱这种生物，它们在档案馆里工作的景象，已经是很平常的了。它们在档案馆里的工作则是协助主人搬运静态贮存管和其他重物。

　　尽管样子有点丑，乌萨蟹能以极快的速度，几条腿咔嗒咔嗒地前进，只要它们想要就能做到。这使得"赛蟹"运动在城里的马特兰人中间流行起来。

　　水之异者说："这是我见到过少数和马特兰人真正友好的异兽之一。奥卡姆就花了很长的时间来陪他的乌萨蟹——俪古，如今威努瓦也对这异兽产生了兴趣。他甚至一直在提议其他战士，在最后一次离开美特吕时带上所有的乌萨蟹。"

瓦奇猎人

活跃地：全城

　　这实在罕见，很少有异兽的名字是以它们的猎物，而非按它本身的特征命名的。但对于这种异兽的猎食倾向毁誉参半：猎食机械执法者——瓦奇军。事实上，瓦奇猎人不仅仅找那种人造"生物"，还会到火村捕食火蜂、工业机器和其他机械做的东西。

　　一些瓦奇猎人在被囚入档案馆数年后逃出。之后，仅有一两只能被重新抓回来。正因如此，整个瓦奇军常常被这种生物弄得损伤严重。

　　瓦奇猎人一般喜欢待在石村和火村。但在莫布扎克来之后，瓦奇军在那里减少了巡逻次数，那里也变得越来越混乱。这种异兽如今已经蔓延到了全城，但它们一般躲在地下。它们最喜欢的捕食方法是，等待一队瓦奇军在头上走过，突然从地下冲出，抓住一只，然后又钻回到地下。随后，它就会把它不爱吃的那些部分扔回到地面上。

　　冰之异者说："宝思是常去抓这东西的人。但他也常来咨询我，因为它们有翅膀。我们为瓦奇猎人只攻击无生命的猎物而感到庆幸。如果它们某一天突然对我们感兴趣，我不能肯定什么能够阻止这些怪物。当然，至少……不是瓦奇。"

设计者：Nathaniel Macmillan

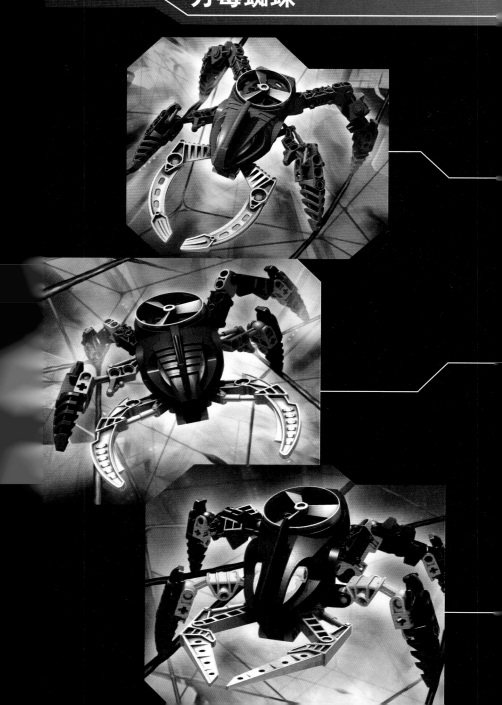

活跃地：全城

这些蜘蛛状生物在大天灾之后出现在美特吕。它们迅速拿下了竞技场并蔓延到整个城市，四处织网捕猎异兽。不久之后，我们终于认识到，多年来出现在城里的异兽实际上是被赶来的。

至今有六种毒蛛被认识到：

夺魂蛛

这种毒蛛一般的职能是为蛛群做间谍。夺魂蛛拥有把身体颜色变成环境色的能力，这可以让它从一定意义上"隐形"。作战时，它们用能够耗尽目标能量的飞轮。夺魂蛛是极度谨慎的斗士，宁愿等待一个早就被打得奄奄一息的目标来下手。

闪凌蛛

这是唯一一种飞轮有两种能力的毒蛛。飞轮在闪凌蛛的控制下，能够来回出击。在水下使用时，飞轮能够使目标膨胀变大，浮出水面。在岸上使用时，它们能够吸收目标身上的水分，将目标榨成一具"干尸"。闪凌蛛还能发出一种频率极高的声波，能把固态的物质分解成气态。

地幻蛛

地幻蛛不是领导者，而是个追随者。当万毒蜘蛛的机械攻城锥用不了时，地幻蛛往往会被充当活体攻城锥。它的飞轮能够麻痹敌人，使自己能够跑掉。地幻蛛还会一点心灵感应，这使它成为一个技能模仿者。它常常模仿敌人所信赖者的声音来迷惑敌人。

化骨蛛

化骨蛛是六种毒蛛中最不可预测的一种。化骨蛛作战时可能会突然变得非常凶狠，然后又突然跑掉找别的猎物。它们的飞轮带有一种强酸性毒液，使它能够通吃世间万物。它们腿的末端犹如剃刀般锋利，化骨蛛有时候会跳到空中并开始高速旋转，成为那街知巷闻的毒蛛"圆锯"。

电极蛛

电极蛛是天生的谋士，善于制定作战计划。它们的飞轮能够在目标周围创造出一张电网，这电网还会把目标包起来，当电网成功罩住目标，目标也欲逃无门了。电极蛛还能减缓自己的生命过程到甚至没有的地步，这能够使别人难以发觉它们的存在。

毒火蛛

尽管没有被赋予烈火的力量，毒火蛛的飞轮能力能够令敌人产生火烧般的疼痛感觉。敌人也会因此不能把精神集中在任何东西上，除了身上的疼痛。毒火蛛总是好斗的，它们能创造出一种"狂暴状态冲击"，这时它的外骨骼会变得无懈可击。

火之异者说："能说什么？对它们还能说什么？看看你的周围，你就能够看到，它们都在这里干了些什么……也就明白为什么要赶尽杀绝它们了。"

活跃地：黑暗之城

　　兹王蝎是种巨型异兽，超过三十英尺高，在万毒蜘蛛来到后首度现身在美特吕。它的原住地是黑暗之域——一个马特兰人知之甚少的地方。但明摆着的是，光冠蛛能够用飞轮送它回黑暗之域。

　　它怪异的头部很像一只万毒蜘蛛，但它的螯像螃蟹，螯针就像吕加伽。当它和与它同样大的东西作战时，它会先用螯抓住敌人，然后用螯针连续刺敌人。它坚硬的外骨骼保护它不受攻击。兹王蝎亦能够在腿上射出一张网罩住敌人。

　　尽管兹王蝎站在万毒蜘蛛一边，毒蛛还是很怕它的。因为兹王蝎帮助毒蛛，只是为了它的食物——万毒蜘蛛不被抢去，这是众所周知的。一场万毒蜘蛛的"胜利庆典"一般都会被它的盟友吃掉大半"同伴"。唯一一只在美特吕里见过的兹王蝎最后被发现，并被遣送回了黑暗之域。它被关在了黑暗之域里，和托塔龙继续战斗。

　　火之异者说："我不知道有什么办法能阻止兹王蝎。或许可以把它扔出半个美特吕之外，用大楼砸它，把它的头砸进地里。但是我打赌，它又会立刻跑回到你跟前。烟雾和火焰有时候能够让它慢下来，但不能打倒它。最好的方法就是希望附近有只光冠蛛，并且那只光冠蛛有意把它送回黑暗之域。另外，兹王蝎那副尊容是叫你快快溜走的最佳标志。"

其实还有很多异兽，但不是所有的都很适合放进书里。以下就是其他生存在美特吕城的异兽的简略介绍：

藏馆兽

定居在地村档案馆的奇怪异兽。人们相信它们和能量飞盘的随机重组能力有某种联系。它明显能够以随心所欲的形状出现，有一只就曾经把自己变成了一座房子。

灰熊

以尖牙和利爪著称的熊状生物。一些灰熊在大天灾之前出现在石村的山上，而大多数是在档案馆里。现在所有灰熊都已自由了。

泽蛇

肮脏、狠毒的大蛇，住在地村周围泥泞的浅水区，吃两栖动物。

布拉猴

淘气的猴状生物，一般出没于林村和水村。它们干得太过火以致马特兰人向杜马长老投诉并要求关押它们。随后瓦奇军便把它们都抓起来并扔进档案馆里，而它们先前已从那里逃出过一次。

穴鱼

水村生物。防御时用皮肤吸收液态能量原，使自己"膨胀"，让自己看起来像一种大型的生物。

狄克丕鸟

不会飞的居住在沙漠的鸟，以耐力著称。

非求蛛

树蛛，在林村缆索上筑巢。被认为非常危险。

飞火虫

带有炽热螯针的飞虫。大量的飞火虫生活在火村的熔炉和地下隧道里。

夫萨

袋鼠状异兽，是莫卡虎的天敌。以自己强壮的后腿做防御武器。

戈库勒

两栖动物，通常能在湿地里找到。大家认为伤害它们会带来坏运气。

哈帕卡犬

大型猎犬，一般在水村用来驱赶凯芬尼克。

易卡齐

小型蜥蜴状生物，喜欢和熔融能量原打交道，经常和熔炉火蜥分享领土。

火骸虫

火虫子，以挖通道穿过建筑著称，它们常常用自己身体发出的热量熔掉东西。

户西鸟

鸵鸟状的鸟类，在莫卡虎和其他掠食者使它们灭绝前，曾经自由地游走在石村的峭壁上。后来剩余的户西鸟被放进档案馆里保护起来。

冰蝠

带翅膀的生物，以它们在冰村的知识塔中间具有破坏性的飞行著称。冰蝠是攀晶兽最喜欢的猎物。

炼狱鸟

小型鸟类，把家安在火村熔融能量原附近的废弃管道中。它喜欢酷热的环境，因为这样可以保证它的安全——很少有异兽会冒险到这种地方。

介热蟹

巨大的珊瑚蟹，出没于水村附近海域。

奇黎括里

蝗虫状生物，以它们每十年就在美特吕上空出现一次著称。它们一般降落在石村和水村地区，吃掉所有出现在眼前的植被，然后消失。所有关于它的来历未知。

火加伽

小型、炙热的蝎子，以成群攻击著称。这种生物平时最有可能在火村的废弃工厂里找到。它们容易被熔融能量原的味道吸引，也喜欢待在昏暗的地方。火村马特兰人在巡查空荡荡的工厂时懂得带上足够亮的发光石，用来暂时避免这种生物的袭击。

库马吕

庞大的鼠类生物，能在档案馆之下的维修隧道里找到，特别是在火村和冰村一带。

岩浆鳗

火村的蛇状生物，偶尔会被火村马特兰人当做宠物。当它激动的时候，皮肤表面的温度会上升到足以把金属熔掉。

发光鱼

小型、发光的鱼，出没在水村周围最深的海底石洞里。

异兽录

莫希奇

巨型、危险的穴居蟾蜍，一般在水村能找到。它天敌很少，因为它身上带毒。

马古他鱼

丑陋无比的鱼类，能从水中跳出攻击大型生物。

马他吕水鸟

聪明但喧哗的鸟类，常在林村的海岸激起水花。它们速度很快，一般的海生掠食者难以捕获它们。这种鸟似乎喜欢飞到敌人的头顶，然后在最后一刻飞走以耍弄敌人。

夜行爬兽

夜行动物，出没于地村。一般七英尺长，蹲坐，有强壮的腿。在黑暗中出动寻找小昆虫和啮齿动物。

吕寇蜂

巨型的黄蜂状昆虫，吕拉玛憎恨的敌人，因为两者捕猎相同的猎物。

魄喀危

不会飞的禽类动物，居住在石村众多山峰的山顶，以那里的植被为食。它们的居高临下使它们能够生存下来，远离攻击。

微原虫

微生动物，以前偶然出现在档案馆里，现在在某些区域大量滋生。它们是藏馆鼹的至爱。

异兽录

鬼兽

妖怪状合成生物，有着卡奈拉牛的头颅、塔拉卡瓦的前肢、莫卡虎的身体和后肢、吕拉玛的翅膀以及吕加伽的尾和螯针。当美特吕战士第一次碰上它时，这种异兽还拥有六种能量飞盘的基本力量。在真正击败它之前，诺加玛就已被严重击伤。

冉那蛙

巨型火蛙，常在穿越火村的熔融能量原上安家。冉那蛙吃小昆虫，常跳出大缸用舌头捕猎。火村马特兰人恨它们，不仅是因为必须用过滤器把能量原里的火蛙过滤出来，还因它会攻击所有靠得太近的东西。

剃刀鱼

取名不当，这种生物实际上是一种海生哺乳类动物，它们的身上有一条利刃般突出的线，但这足以对抗较为严重的创伤。据了解，剃刀鱼有时候会意外地在马特兰人的船只上划出一道大口子。

石狮

神秘的生物，据说栖息在档案馆的最底层。它的牙齿和爪子异常锋利，当这种生物发怒时，它的鬃毛卷须也会变得尖锐锋利。

禄其鱼

小型鱼类，一般在美特吕周围的海域出没。尽管身体不是特别壮观，但它们拥有强大的颚，马特兰人日常训练它驱逐塔拉卡瓦。